U0854833

遥望西域

丝路上的骑士风骨与背影

杨逍◎著

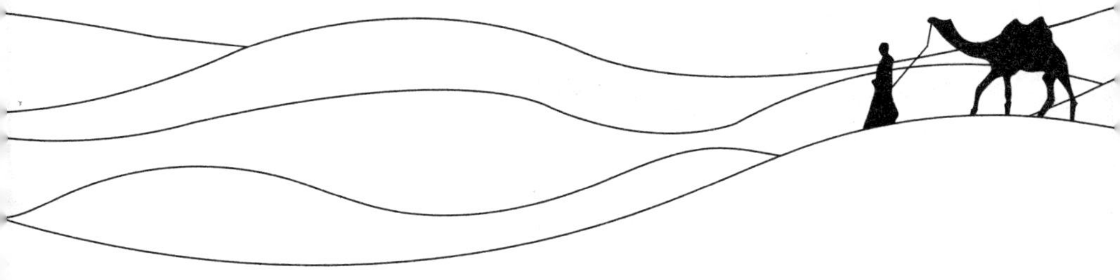

重庆出版集团 重庆出版社

图书在版编目(CIP)数据

遥望西域．丝路上的骑士风骨与背影 / 杨逍著．—重庆：重庆出版社，2022.12

ISBN 978-7-229-17411-8

Ⅰ.①遥…　Ⅱ.①杨…　Ⅲ.①随笔—作品集—中国—当代　Ⅳ.①I267.1

中国版本图书馆CIP数据核字(2022)第254795号

遥望西域：丝路上的骑士风骨与背影

YAOWANG XIYU：SILU SHANG DE QISHI FENGGU YU BEIYING

杨　逍　著

责任编辑：何　晶
责任校对：刘　艳
装帧设计：八牛设计

重庆出版集团
重庆出版社　出版

重庆市南岸区南滨路162号1幢　邮编：400061　http://www.cqph.com

重庆出版社艺术设计有限公司制版

重庆市国丰印务有限责任公司印刷

重庆出版集团图书发行有限公司发行

E-MAIL：fxchu@cqph.com　邮购电话：023-61520646

全国新华书店经销

开本：890mm×1240mm　1/32　印张：10　字数：200千

2022年12月第1版　2022年12月第1次印刷

ISBN 978-7-229-17411-8

定价：56.00元

如有印装质量问题，请向本集团图书发行有限公司调换：023-61520678

版权所有　侵权必究

遥望西域

丝路上的骑士风骨与背影

目录

Contents

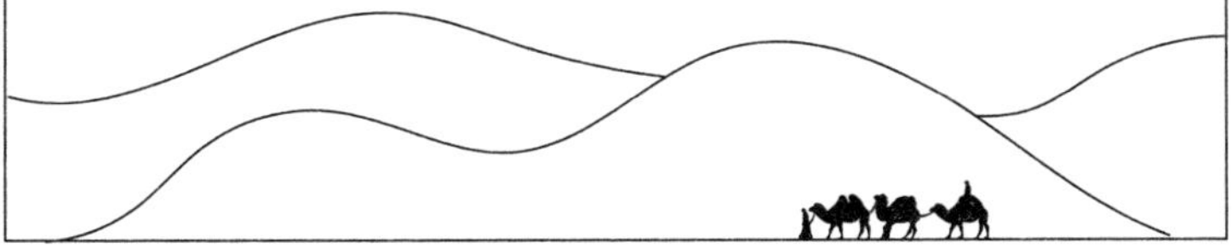

西域何处

一

但凡说起西域，人们都会想起草泽大漠、长河落日、戈壁风尘等令人敬畏的自然景象，因而西域在国人几千年的历史文化语境里，向来都是可望不可即的神秘之地，甚至最初的西域三十六国，也是异邦、夷狄之众，想起就令人不安——他们注定是要与大汉文化，中原文明相对峙、相攻击的乌合之众。所以，通往西域的路，便自然成为一条心理障碍上的不归路，每一个欲与天公试比高的挑战性人物的出现，势必都带有悲凉悲壮的英雄色彩，他们一开始，就给自己的内心注满了孤独和舍生取义的忠义人格。

所谓的忠义人格，往往包含着被逼无奈或是头脑发热一类的瞬间冲动，但更多的时候，应该还是文化精神的力量，是一个民族，一个社会历经磨难之后的追求和固守，是以金戈铁马为名，为万民谋福的鼓动性的创新。同时，这也是国人最易接受的英雄类型。也正因为这样，这类英雄往往容易被民间不识真相的人口耳相传，按照他们个人的喜好对英雄事迹进行宏观改造，历史的真相便逐步脱离最初的模样，乃至最终出现夸张的底层叙述结构，而真的事实，则只能停留在成堆的史料里被淹没，除非是热衷于研究的文人雅士才能得以分辨，但这种分辨在几千年后就有了高处不胜寒的薄凉——很少有人愿意接受逼近历史真相的那种并不惊险的故事内核。

毋庸置疑，这类英雄中影响最大的人应该是大唐高僧玄奘了。一部无与伦比的《西游记》让他万众瞩目。这不但是文学的力量，也是底层民众的渴望，归结起来，还是中国文明必然需要的一个标杆。这个标杆树立起来，就把国人一直向西的勇敢和意志构筑在一个无可超越的顶峰，使得西域在人的想当然中并不那么空远，并不那么艰险。

公元629年，接近而立之年的河南偃师人陈祎，因自幼遁入佛门，又少小聪慧，年纪轻轻便能以德礼服人，受大唐达官显贵的敬重和尊崇，至于皇帝李世民是否认他做了御弟，并不重要，但我们能够想象到的是，在佛教备受推崇的彼时，以李世民的贤能，他与这个少时得道的高僧之间一定有着非同常人的联系和相互欣赏，不然就不会有太宗两度劝其弃道辅政的渴求，也不会因为爱惜他而拒绝他西行求法，但尽管如此，这个法号为玄奘的年轻高僧，起码具备了比别人优越的四个条件，作为他西行路上获得成功的筹码。首先是年富力强，多年的修行，使他有强健的体魄，才有了走完五万里的信心；其次便是他有一颗孤独的心，一个如此年轻便找不到对手的高手，注定要向更远更高的天空跋涉，这是所有高手的精神需求，是他们的本能；再次，作为大唐皇帝器重的人才，纵然是“冒越宪章，私往天竺”，也不会被朝廷治罪，因而大唐的政府对他的私行还是睁一只眼闭一只眼，甚至不排除各地官员以礼相待的尊贵局面，即使玄奘以僧人的素朴不愿接受朝廷的援助，但所到之处的寺院，也不可能让这位高僧受苦受累，白马干粮一定是备足了的；第四，以当时大唐国力的昌盛，周边诸个小国也绝不敢轻易为难一个从天朝出来的高僧，况且，那时候，有道高僧处处受人敬仰。如此说来，玄奘所受的苦便要大打折扣了，并不是小说中描述的九九八十一难。他一路西行，受苦受难肯定在所难免，但他带着大唐万千信众的顶礼膜拜一路西去，内心注定富足高远，巨大的责任感往往会消解肉体上的苦难。

与公元260年，第一个向西取经的朱士行相比，玄奘就幸运得多了。朱士行在没有任何向导和保护的情况下，远赴西域于阗，这种大无畏的壮举为世人永久铭记。同时，玄奘还比东晋安帝时（公元399年）的高僧法显幸运得多。六十五岁的法显，到达西域，翻越了葱岭（今帕米尔高原）到达北天竺，这本不是一个这把年纪的老人应该做的事，但法显却做得轰轰烈烈，义无反顾，更重要的是，他成功了，战胜了自然灾难，他的坚毅，令人振奋。但不论是朱士行，还是法显，尽管他们也是开拓性的人物，受苦受难多于玄奘，可他们在国人心目中的地位始终超越不了玄奘，这当然也与玄奘在传道、译经方面的成就比他们都大有着关联，但更多的还是运气，文化积淀的运气，那个站在最高处的人只能是一个，那就是玄奘。

总体而言，这些佛家的精英所秉持的忠义人格，是停留在灵魂孤独的字眼上的，他们所阐释的忠义，其实忠诚的内容更多一些，而这种忠诚也几乎都是指忠诚于自己，忠诚于他们本身的精神世界，这也是信仰的力量，是大善和大爱的力量。

从玄奘的角度出发，西域便不显得可怕了，也不是遥不可及。

这些伟大的行者，以无比坚毅的生命形式和珍贵壮观的文化姿态，完成了中西方文明的多次撞击融合，在历史的长河中永远闪闪发光。

对于忠义人格的诠释，不同时代的文化氛围所偏向的重点并不一样，这与时代对英雄人物的需求有关，也与一个社会、一个民族、一个地域的民众素质有关。更多的时候，大众对忠义并无区分，往往混为一谈，他们觉得忠的后面，紧接着就是义。

可何为义？

孔子说："君子之于天下也，无适也，无莫也，义之与比。"本意是说，君子对于社会人事，既不在某些方面表现得特别倾向，也不在某些方面表现得特别冷漠、疏远，只以恰当的原则与方式来对待一切人事。这是孔子提出的对君子要求的基本点之一，强调了"义之与比"，即有高尚人格的君子为人公正、友善，处世严肃灵活，不会厚此薄彼。

《礼记·中庸》中又说，"义者宜也"。意思是说，"义"是指做事要符合应该遵循的道理和原则。随后，孟子又对"义"字和君子的人格做了进一步的阐释，他说："大人者，言不必信，行不必果，惟义所在。"意思是说，通达的人说话不一定句句守信，做事不一定非有结果不可，只要合乎道义就行。由此可以看出，古人对"义"的认定是放置在道义这一公正、合理的道德范畴上的，并以此来约束天下人。因而，从这个层面来看，忠的后面，就不一定是义了，因为忠有可能是愚忠，愚忠之后做出的事，不一定合乎道义；而义之前也不一定非得要忠，仅仅是宜也！

像玄奘那样的忠于自己的英雄人物，注重的是精神主体，不太关心社会环境。而偏重于义字当头的忠义人格，则更多的是社会环境赋予他们的力量。往往偏向于舍生取义这一个层面，所以，这一类英雄是有特定的历史语境的，有时候，舍生取义并不一定正确，可能仅仅是一时冲动。当然，历史传承下来的英雄人物也是吻合了民众的崇拜口味，其勇敢的人格在民众心目中一旦形成，就再难改变。比如关羽、张骞等。

而在通往西域的路上，张骞无疑是代表性的人物，也是这类偏向于义字的忠义人格的核心人物。他的西行之路则更加艰辛，更加勇敢。

那么，我们的故事就从张骞开始吧。

二

汉武帝建元二年（公元前139年），大汉王朝最为英明的君主刘彻为了击垮匈奴，产生了一个在当时看来大胆而又似乎不切实际的想法：派一个人去西域，联合匈奴以西的另一个游牧民族月氏国共同夹击匈奴。刘彻的这个想法自然是好的，他从一个被赐了汉名的匈奴降将赵信口中得知匈奴人杀了月氏国国王，并将头颅割下来当做酒器，而月氏国上下为了报仇，早已蓄积了举国的力量来对付匈奴。这件事，在当时看来，仅仅是个传言，并不切实可信，况且此话出自一个匈奴降将口中，是否有诈便不得不令人斟酌一二，然而，果断神武的汉武大帝，却贸然做了一个决定，招募了一众一百余人的敢死队，横穿匈奴人地盘，去寻找未知的月氏国，前来夹击匈奴。

也许，汉武帝在做了这个决定之后，他就后悔了。他或者仅仅是有了这个设想，还停留在痴心妄想的阶段，可他说出来的话，立刻就有人迎合了，这样就把刘彻悬空了，搁置在一个骑虎难下的境地上，这种时候，对于威严的帝王而言，即使明白要将一些人送出去自生自灭，但他也不能反悔，他只能将错就错，大义凛然地号召有胆有识的勇士穿越草泽大漠去寻找月氏国。

无人敢怀疑皇帝的高瞻远瞩！

可刘彻明白，这根本就是一个荒谬的行为。尽管丝绸之路在此时已经有了地理上的开通，东西方的商业、文化也有过短暂而微弱的碰撞，但因为渐渐崛起的匈奴，就已经将一切都割断了。匈奴横亘在大汉朝和西域诸国之间，反复侵扰，使左右都受其害，还哪儿会有横穿的道理。雄心勃勃的刘彻，又怎么会把击垮匈奴的重担放在一个虚妄的月氏国身上，他压根就对联合月氏国的事情不抱任何希望，而且在他看来，月氏国根本就不是匈奴的对手，太弱小了，以大汉的国富民强，他根本就瞧不起月氏国，也就是说月氏国其实没有与大汉联手的筹码，纵使他们派人来讲求合作，大汉朝还不一定会答应呢！

其实，那时候，刘彻对痛击匈奴已经看到了希望。卫青、霍去病的能耐已经初现端倪，作为一个权衡大局的帝王，他知道就算是相互对峙，匈奴也奈何不了大汉朝，匈奴熬不起，而大汉朝却善于持久战，坚持下去，败下去的终究是匈奴。

那么，刘彻又为何非要派人出使月氏国呢？这当然除了皇帝的脸面之外，还有一个声东击西的作用。他就是要把他们献给匈奴，让匈奴人看得清清楚楚，大汉朝是怕了匈奴的。这是一条示弱的计策，麻痹匈奴，也是激发大汉军队士气的方式之一。

很明显，倘若这真是一支能够建功立业，又承载了皇帝诸多希望的队伍的话，皇帝不该派一个真正的有胆有识的人物前去完成任务吗？而当时的朝廷，这样的人物并不少，大家都争先恐后地想在战场上建功立业。甚至像李广这样名噪关内外的飞将军，要想上战场杀敌，有时候还不一定能轮得上。但就是在这样争抢机会的情况下，刘彻保全了那些他信任的将军、贤臣，精巧地设了一个招募的局。钻进这个局的人，是谁已经不重要了，他只要能在匈奴的地面上蹚起浑水就好了。

以经商的名义，做国际间谍，这种骗人的把戏连孩子都不信。可张骞信了，并且是感恩戴德地信了。于是，张骞成了丝绸之路上尽人皆知的傻子。

然而，灾难往往是成就英雄的机会。

张骞这个接近而立之年的郎官，一无战功，二无才情，三无人脉，四无钱财，除了站岗放哨之外，别无他用。纵然有满腔热情，想为国出力，报效朝廷，可朝廷根本就想不起他。在泱泱大汉朝，像张骞一样的公务员何其多。很多人都是做了一辈子郎官而终老一生，最终郁郁寡欢而亡。

好在张骞这个四无人员，并不因此而愤世嫉俗，自暴自弃，相反却在无尽的憋屈中伺机而动。张骞应该能够看出来，出使西域，寻找月氏国是个前途未卜的危险活儿，但他也明白，正因为危险，才是有利可图的机遇，所以，他挺身而出。张骞揭了皇榜，汉武帝刘彻大喜，首先，张骞是皇室里的侍卫，也算是出自朝廷，总比那些江湖流寇要有威信和可靠得多。其次，张骞敢于站出来，勇气可嘉，好歹也给了刘彻一个台阶下，要不然，皇榜宣示了几个月，无人敢揭，岂不是叫皇帝难堪？再次，张骞为郎官多年，最起码懂得皇家的礼仪，若是代表大汉的使节出使西域，也能服众，不至于闹出笑话。

综合了上述几个原因之后，刘彻大胆地对张骞委以重任，让他以大汉使节的身份（大概属于商贸代表团的团长）出使西域，而至此，张骞各方面的待遇并未提升，他的职称级别仍然是一个郎官，只是多了一个能代表整个大汉的虚衔而已。但正是这个头衔才让张骞有了与众不同的自豪感。为了让这支西行的队伍起到最大的作用，刘彻还让张骞挑选了能兵强将，协助他西去，这里面到底有没有监视张骞的目的，我们不得而知，但这无疑是一支劲旅，一支张骞毫无把握控制的队伍。

身为郎官多年的张骞，对贸易之事自然知之甚少；再者，张骞并未参与过朝廷的核心会议，他对大汉与匈奴两家的暗中对抗也并不熟知，在军情瞬息万变的当时，他完全是一头雾水。所以，身份低微的张骞，领着一群能耐远远超过他的手下，出征远方，大家心里其实都犯着嘀咕——他有何能耐把这一群人带出去，又带回来呢？

好在张骞终究还是做过一些课外功夫，不然也不会愚蠢、大胆到如此地步。大概张骞恶补出来的知识，汉武帝刘彻也不知道究竟有多少。因为这就要说到一个叫甘父的匈奴人。

甘父原本是堂邑县人家的奴隶，早早地与张骞相识，张骞从他那儿了解到有关匈奴的一些风土人情和疆域军情，跟他学习匈奴语言，了解匈奴境内的地形等等，也就是说，张骞对西域形成的基础认识，都是向甘父学来的，而且，他也误把匈奴看成了西域，觉得西域诸国，无非是与匈奴相似的游牧民族。但很显然，作为俘虏被抓获后充当汉人奴隶的甘父，毕竟只是一名小小的匈奴士兵，他所知道的匈奴，也仅仅停留在普通的基础层面，况且匈奴经历数次内乱，大单于换了新主，早已物是人非。所以，张骞对于西域认识方面的自信，具有一定的盲目、自大等诸多不利因素。

尽管这样，相比于大汉朝的其他人，张骞对于西域的认识也算是高人一筹了，因而，在这方面他占了先机，并以此取得了刘彻的信任。

不入虎穴，焉得虎子。这是东汉班超的名言，但张骞抢先一步实践了。要想博取功名，唯有冒险——以舍生取义之名，来完成自己的英雄抱负。

在这条茫茫征途中，张骞心存侥幸。

三

而事实上，早在公元前10世纪，西周的周穆王有一天突发奇想，打算西游，想去看看西边那些落后的国家和民族是怎么生活的，顺便也去炫耀一下中原文明。于是，他从西安出发，向西长途跋涉，到达了今天中亚的吉尔吉斯斯坦。周天子一行浩浩荡荡，走走停停，游山玩水，所到之处，尽显大国威仪，百姓们无不夹道欢迎。他们带了许多珍贵的丝绸，比如帛、贝带、朱、锦、珠丹、朱丹等。这一类东西，在大周，除了周天子、诸侯等王公大臣能享用以外，一般人连见都见不到。但周穆王大度，为了展示周朝的富饶和先进，所到之处，他就将丝织品在内的礼品馈赠给了沿途国家的主人。但凡带有情绪的国家，周穆王就派人将代表吉祥的白色丝帛奉上，表示“化干戈为玉帛”，然后两家交好。周穆王边走，边有随行的记事官将其行踪和路线记录下来，因而就成了此后“丝绸之路”的最早印痕。后来，就有各路商人，沿着周穆王走过的路线，在西域和中原之间进行贸易。

《史记·货殖列传》记载：“乌氏倮畜牧，及众，斥卖，求奇缯物，间献遗戎王，戎王什倍其偿，与之畜，畜至用谷（山谷）量马牛，秦始皇帝令倮比封君，以时与列臣朝请。”

相隔800多年后，汉使张骞也顺着周穆王开辟出来的这条路一路西行。

这正是张骞的失误，他觉得前面有路，尽管走就好了。即使有匈奴隔阻，但只要能悄无声息地绕过匈奴眼线，纵然多走路，多受累，只要能穿过匈奴草原，西域诸国就一定能到，月氏国也就在眼前。但张骞不知道，匈奴既然割断了丝绸之路，就有把握控制这条路。他们不会放过任何人，更何况是一百余人的大队伍。

所以，张骞西行，本身就是一场劫难，而他要在劫难上成就英雄事，听起来就有些荒唐。

——在灾难面前，即使是英雄也会有绝望的时候。

但必须得上路了。这一年的春天，体魄健壮，性格开朗，富有开拓和冒险精神的张骞，率领一百多人连同马匹与物资，以匈奴人甘父为副使和向导，浩浩荡荡从长安出发，走进了刘彻亲手制造的“陷阱”里。前面是草泽大漠，后面是大汉万千百姓的期待，张骞向东而望，三叩九拜，以大义凛然的忠义，含泪与未央宫告别，至此，中国历史上远涉西域的第一个以“义”字当头的英雄人物踏上了西去的坎坷之途。

张骞从长安出发，到陇县，至固关，这一路是平坦的。张骞身为大汉使节，所到之处，自有政府官员一路相接，照应有加。但出固关，登陇首，进关山，便有了麻烦。

关山，古称陇山，又曰陇坻、陇坂、陇首。陇山有道，称陇坻大坂道，俗云陇山道。《太平御览·地部十五·陇山条》载："天水有大坂，名陇山……其坂九回，上者七日乃越。"自周秦至汉以来，关陇古道一直是丝绸之路的必经之地，尽管自秦以来就有沿途"五里一燧，十里一墩，三十里一堡，百里一寨"的说法，但因匈奴逐渐强大，不断骚扰大汉边境，随着骚扰深度的不断增加，西去的路便在近百年间日渐荒芜。这就为"上者七日乃越"又增添了一层难度。再加之，自古就有登关山之巅，可东望八百里秦川；去关山以西，即是大漠边陲的心理障碍，张骞一行就在关山以及关山以西的陇西一带，吃了苦头。

今日的甘肃省张家川县是关山之西的第一个必经之地。这里曾是秦人首领大骆的次子非子为周王室养马之地，后来被周孝王赐给非子，建立秦亭。后来秦人东迁建国立业，这一带便被归附于匈奴又基本自立的羌狄管控。至武帝时，早已人烟稀少，地形繁复，密林丛生，贼匪出没霸占山头，所谓的凿空，便从这里开始了。

翻越关山之后的第一个停留点，必然在所谓的"百里一寨"的"弓门寨"上。弓门寨曾为秦人上邽县的旧址，后来搬迁而去，但仍然具有军事和行政为一体的功用，与亭的能力一样，仅仅是级别低了一等。弓门寨内又有白起堡，为秦将白起驻兵所在，弓门寨也是其命人修筑来抵御敌军的军事用地。汉初的几十年，皇帝们都急着休养生息，防御匈奴，对国家的体制大都沿袭了秦时的建制，一直到了汉武帝元鼎二年，即公元前115年才在这一带始置陇县。

经过了大秦的苛政和秦末的混战，可以想象，当张骞站在白起堡的最高处，打眼西望，他的内心定然是波澜起伏，恍惚而悲凉的酸涩。远看苍翠的群山林海，远方何其渺茫。但这时候，他的忠义人格还在赋予他力量，他的内心有了变化，起初的为博取功名而西行的想法，已经转变成了不负皇恩、不负黎民苍生的忠义姿态。他的英雄气势此时才慢慢滋生出来。

他此时清醒地认识到，他代表的不再是他，也不再是一个小小的郎官，而是整个大汉。这种个人英雄主义的自豪情结让他坚定了西行的步伐。

然而，西行之路越走越令人沮丧——那条周穆王走过的路、无数商贾走过的路、军人隐士走过的路，都早已经淹没在了历史的尘烟中，虽然只有短短的几十年，可就是这几十年，已经是荒草萋萋，枯木横亘，前人的足迹被战争凌乱了，那条走了数百年的老路在关山之西中断了。

与打通地理上的西行之路并存的问题就是打通政治上的封锁，而这才是张骞面临的最大考验和磨难，且不说周旋于陇西一带的土匪流氓，以及归附于匈奴的羌狄之族对他们的阻挠，仅仅一个强大的匈奴，便是无法逾越的鸿沟，这是出使西域，或者远赴印度的任何行者都无法料想到的苦难。或者说后来的班固等人经历了，但都不及张骞壮烈和艰险。

这时的张骞，唯有忠义的信念支撑着他。

苦难超出了张骞的预期。他在心里琢磨了无数次的艰险，在现实面前却仅仅是有着浪漫主义色彩的虚像。

他不但要在地理意义和政治意义上进行双重突破，逢山开路，遇水搭桥地凿空，还要率领着一百余人的侦缉小分队风餐露宿，昼行夜伏，负责他们的衣食住行，柴米油盐，保证一百余匹驮马的物资安全顺遂，这就比玄奘、法显等人一个人上路难了几十倍。对于没有领导经验的郎官张骞来说，这就足以让他焦头烂额了。但更重要的是，他还要想方设法统领他的部下，让他们心甘情愿地与他同生共死。

这时候，我们不得不再一次提起中国历史上伟大的君王汉武大帝刘彻，这位西汉历史上的第七位天子——汉太祖刘邦的重孙子、汉文帝刘恒的孙子、汉景帝刘启的第十子，七岁被册立为皇太子，十六岁登基，在位五十四年，其间击灭匈奴、吞并朝鲜、首创年号、开拓汉朝最大版图，铸就了巍巍霸业。雄心勃勃的少年天子刘彻初即位后，便大行改革，一改文景时代一切因任自然、因循守旧、无所作为的道家施政方针，面朝天下招募人才，其中就有广川（今河北枣强）人董仲舒应试，这位西汉哲学家、文经学大师向刘彻建言“天人三策”。刘彻听其言，遂罢黜百家，独尊儒术。

我们且不论董仲舒的言论是否合时宜，吻合人性，但在刘彻时期，国力富足，人民生活基本安逸的情况下，统一民众的思想实在是一件不得了的大事。因而刘彻便把淹没了百余年之久的儒家文化重新抬升到了国策的地位，然后昭告天下，唯有儒家学说才是天下王道。刘彻的做法虽然遭到了一些守旧派的反对，尤其是以实权派窦太后为主流的道家学说的反对，但刘彻仍然践其言，逐个击垮了反对派，稳固了皇权根基。

刘彻做了一件与信仰有关的大事。他潜移默化地将国人的精神力量聚集起来，形成合力，这种合力远比一支精锐之师的力量要强大得多。而张骞也是在这种独尊儒术思想的影响下从大汉朝走出来的，因而，当他在绝望的时候，以本能的忠义品质支撑着自己的时候，他已经把出使西域这项看似无法完成的重任与信仰联系在了一起，与国家的命运和百姓的性命联系在一起了。他最初的个人情怀和私欲也渐渐被信仰折服了，显得渺小，乃至渐次退出了他的意识。

把信仰建立在“义”字的基础上，张骞的西行才真正纯粹了。

四

张骞最终还是征服了诸多不利因素，走出了大汉朝。

他把自己的队伍隐藏起来，绕开匈奴的眼线和军队。他们小心伪装，秘密而行数月，深入匈奴腹地，但由于地形复杂，又无向导，只好向匈奴的牧民打探月氏国的消息，但张骞对匈奴牧民完全缺乏防范意识。

而匈奴牧民，不同于汉朝百姓，他们组织十分严密，看似疏散放牧，相隔较远，但实际上，他们有十长、百长、千长、裨小王、相、都尉、当户、县渠等诸多级别的配置，一级一级，管理相当严格，牧民们更多的时候，充当了军队眼线的角色，他们警惕性高，对从汉朝秘密而来的这支大队伍早已逐级上报了。

张骞理所当然地被俘虏了，他被押解到了匈奴王庭（今内蒙古呼和浩特附近)。

当张骞和他的部下一百余人被押解到军臣单于面前的时候，应该是张骞最为绝望的时候。他是首领，是这一干汉朝来的“间谍”的头儿，横竖是个死，还不如死得轰轰烈烈，死出个大汉朝英雄的气概来。虽不能完成刘彻的重托，但也不能丢了大汉朝的颜面。

军臣单于质问他："月氏在吾北，汉何以得往使？吾欲使越，汉肯听我乎?"

这时的张骞，心里只有舍生取义。

他振振有词地大力吹嘘汉武大帝的文治武功，夸耀刘彻的宽广和仁慈，他说："如果你们也是怀着友好的意图，去南越国做生意，那我们的天子定然也会以礼相待。"

他的狡辩理直气壮。但同时，张骞也知道，皇帝是一个多疑的人。

刘彻继位没几年，待手握重权的奶奶窦太后一命呜呼，他便开始排除异己。先是借他的母亲王太后、舅舅田蚡之手，将窦氏一族中权势和威望最为显赫的魏其侯窦婴铲除，他表面上声泪俱下，甚至不惜给窦婴在狱中磕头赔罪，可心里却亮亮清清，他知道尽管母亲和舅舅违法乱纪，但这两个人对他终无大害，他们之间是皮与毛的关系。而窦婴就不同了，他不但大肆笼络门客，还珍藏着景帝刘启临终之时的免罪诏书，这样的人，尽管看起来十分忠诚，但总让皇位还不太稳固的刘彻心里不安。铲除了窦婴，无疑是给仗着窦太后之势横行霸道的窦氏一族侯爷们一个警示。这一幕，刘彻演得至真至诚，毫无破绽。

另一个被刘彻严重怀疑的人便是李广。当李广被匈奴兵士俘虏，设法逃回来后，他便不信他了，这是李广一生难以封侯的主要原因之一。在刘彻眼中，李广之前在匈奴人那里的那点小名气，都不值一提，他以无战功否定了他的一切。

还不算太笨的张骞，应该明白投降是无用的。为了他的家族，他的亲人，当然也为了自己，他必须是个英雄。

其后多年，李广之孙李陵的遭遇便正是张骞在这个紧要关头另一种选择的写照。

幸好，张骞选择了向死而生。在他傲视一切，视死如归的时候，军臣单于竟然对他心生怜悯，他决定让他留下来。他吩咐下去，不要为难张骞，要不惜一切手段争取张骞归顺。甚至赐予他匈奴女子为妻，让他生儿育女，军臣单于坚信，张骞迟早有绝望的那一天。

他就像熬鹰一样熬着他。

在匈奴人的宽容、忍让和耐心里，张骞看到了活着的希望。在说客三番五次的轮流轰炸下，张骞低了头，他服软了，但却不表明立场，不说降，也不说不降。

张骞之所以能够这么含糊其词地活在匈奴，与之前前来和亲的汉朝公主——现在军臣单于的阏氏不无关系。耳旁风为他续命。阏氏甚至说动了大单于将都尉之女赐了公主封号嫁给张骞。

他伪装了自己，并尽快融进了匈奴人的生活。匈奴人将张骞和他的部下们分而治之，他们一面软化拉拢他们，一面令其做苦力折磨心志，而这样的生活，他一过就是整整十年。

十年生死两茫茫。他心中举着忠义的旗帜，一面向东方跪拜，一面向西域遥望。

这十年间，汉匈关系发生了逆转，卫青兵团多次挫败匈奴骑兵，汉朝已经完成了由军事防御到军事进攻的重大转变。对刘彻而言，张骞与他带走的一百余名战士已然失去了战略部署上的意义。对于当年送张骞一行出发的人来说，张骞已是“千里孤坟，无处话凄凉”，又或者是“纵使相逢应不识，尘满面，鬓如霜”的悲凉意味。所以，张骞在与不在，对刘彻已经不重要了。而对于单于而言，十年都不能驯化一个顽固的俘虏，他的耐心也该是有限的，他不是不杀张骞，而是多年之后，张骞已经消失在他的视野之外了，作为一个万众之上、自诩为昆仑神之子的大单于，他又有何意义来和一个俘虏纠缠呢，因而，张骞被匈奴的上层领导遗忘了。

而在这十年里，张骞与他的亲信们足以做任何准备。他成功策反了原本来监视和劝说自己的匈奴妻子，在她的帮助下，他学会了匈奴语言，穿着胡服生活，熟悉了匈奴人的一切风俗习惯，并且掌握了匈奴的军事分布，以及匈奴境内的详细地形，尤其是探知了通往西域的路线和躲开匈奴眼线的方法。

他一直在伺机而动。他与妻子及手下的亲信做了无数次的周密策划和推演。由于一百多人从一开始就被迫分散，难以聚集，因而张骞舍弃了大部分随从，当然，这里也有保护他们的意思，他不想让他们跟着他一起冒险。他是带着“义”字出发的，就一定会为“义”而舍身。

于是，在某个风高月黑之夜，张骞在妻子的掩护和亲信的协助下，成功脱逃了。

这一去便是海阔天空。他的每一个脚印，都成为了后来者的路标，他所走的每一步都在历史的天空中留下了铿锵之声。

路漫漫而修远，众人上下求索。两千多年来，不知多少人沿着张骞的足迹一路西循而去，越来越多的人前赴后继踩着他的脚印踏上了这遥远的孤独旅程。他一个人将一个民族带向了未知的远方。而这一切，都让张骞始料未及。

十年，可以让一个人变老，而十年，也才让一个英雄的光芒更加耀眼。正是这历经磨难的十年，才使张骞这个原本不起眼的“小人物”——这颗汉武帝刘彻手中随意摆布一番的棋子华丽转身，成就了不可复制的英雄气节，也因此，让中西方文化因为张骞而有了划时代的交流和融合。

现在，面对丝绸之路，每一个踏上古道的人，都应该遥望西域，对张骞焚香礼拜。

一把钥匙

一

汉武帝元光六年（公元前129年），大汉王朝的天空由灰色逐渐转成了暗红，离那令人振奋的橘红色只有一步之遥。这一年秋天的某个天气晴好的早晨，英气勃发的刘彻从宠妃卫子夫的酥胸里挣扎着睁开双眼，就听到了好消息：大司农郑当时率众数万修建的漕渠竣工。

这项历时三年的浩大工程，成功将渭水从长安向东开渠直通黄河，全长四百余里，成为中国水利工程史上的里程碑，而那个叫徐伯的水利工程师也因此千古留名，但这并不重要——在刘彻时代，名垂千古的伟人太多了，小小一个水工在那个不讲职称，不讲科技的年代，渺小得如同蝼蚁，入不了皇帝的法眼，而重要的是，自此从关中运往长安的粮食，便再不会出现“积谷万石，腐不能食”的富足奢靡假象。

刘彻做事，偶尔还是会低调一下，他知道炫富的恶果。雄才大略的汉武帝深深明白，那些缺吃少穿的匈奴人见不得别人喝酒吃肉、穿绸挂缎、搂美女。果然，时隔不久，就有匈奴铁骑数万人马南下侵扰上谷郡（今河北怀来），匈奴人挥舞着弯月尖刀，汹涌而来，三十里外尘烟滚滚，他们流着口水，嗷嗷嚎叫，目露贪婪，将粮食和美女一扫而尽。但这一次，刘彻并没有像以往一样暴躁咆哮，他冷静地端坐在后花园的亭台里，向着西北方向的天空，嘴唇微翘，心里说，黄口小儿，你以为而今的大汉还是昔日“白登之役”的大汉吗？你以为而今的大汉还是须用女人的胸脯来护佑的大汉吗？

于是，汉武帝派车骑将军卫青出兵上谷郡，公孙敖出兵代郡，公孙贺出兵云中郡，李广出兵雁门郡，兵分四路迎击匈奴。这一战，并不像书上说的那样杀得天昏地暗、日月无光。战役很快就结束了，糟糕的是，野心勃勃的汉朝骑兵不堪一击，李广、公孙敖、公孙贺三路大军战败溃散，威名赫赫的李广竟然戏剧性地被匈奴普通士兵擒获。司马迁说，匈奴单于久仰李广威名，降下令来：“得李广必生致之。”（《史记·李将军列传》）匈奴骑兵把受伤的李广放在用绳子结成的网袋里，吊在两匹马中间凯旋，中途，匈奴骑兵松懈，李广装死，瞅准时机突然一跃，跳上一匹战马，将战马上的骑兵推翻，摘下他的弓箭，成功突围，从此匈奴人更加敬畏李广，便称其为“飞将军”。但可笑的是，李广班师还朝，刘彻却觉得他死伤人马众多，有投敌嫌疑，他内心的多疑之蛊又蠢蠢而动，便欲杀之，后来几经周旋，李广用钱赎罪，被贬为庶民，这一场死里逃生的祸事对李广的一生造成了致命的影响，即使他后来受命担当刘彻的卫队队长，也没有消除刘彻对他的怀疑，在江湖上声名远播的李广只落得个“一生难封侯”的可悲下场。

正如后来史家评价的那样，刘彻偏心眼。这么一说，好像文治武功的汉武帝一无是处，身上尽是妇道人家的小毛病，但从历史势态来讲，他有慧眼，他宁可牺牲李广，也要成全卫青这颗冉冉升起的军事明星。

李广的悲剧是名气太大的悲剧，而李广用他的悲剧奠定了卫青在大汉朝廷的辉煌。在匈奴人眼里，靠着姐姐被皇帝包养而提拔起来的黄口小儿，定是败絮其中的草包，当不得真，所以，他们将主力集向了李广，以三流兵力与卫青周旋玩耍，这就让真正有料的卫青有机可乘，他率部所向披靡，直捣龙城（匈奴祭祀祖先的圣地），大约司马迁也对卫青存有偏见，便只说“略有斩获”，但这并不妨碍刘彻对卫青的垂爱。

上谷郡战役，卫青小试牛刀，他站在李广的肩膀上，飞上了天。

然而，这一战，心高气傲的刘彻才真正懂得了什么叫做实力，冷兵器时代，两军对垒，拼的是战马良种和刀剑锋利。匈奴人与西域诸国互通有无，再加之天性好马，他们的战马都是经过优良繁育，矫健，善驰骋，而大汉的战马犹如温室之花，相形见绌。在兵器方面，虽然十年前就有与匈奴走私的马邑商人聂壹献来了匈奴人的精钢刀，多年来，刘彻下了死命，令炉工日夜锻造，但终究不得法，尚不能敌，何以取胜？

开了战败总结会之后，刘彻冲冠一怒，但不为红颜，而是将心中的怒气发泄给享受了多年休养生息政策的商贾们，他说：“朕要钱。”于是，他再一次开创先河，开征中国最早的“车船税”，凡不是官吏、三老（掌管教化的乡官）、戍边骑士者，有轺车（马车）一辆纳税120钱，商用车一辆纳税240钱，船五丈以上，一条纳税120钱。

他还说：“不能便宜了你们。”

这都是公元前129年发生在大汉王朝的大事。可尽管这样，开始收钱的刘彻，面对日进斗金的流水，心里还是犯愁，强大的匈奴就像一个长在他身上的毒瘤，令他寝食难安，他不免唉声长叹……

卫子夫说："不是有卫青吗？"

刘彻说："马和精钢。"

于是，这一年每当深夜，刘彻总会想起一个人，那个生死不明，杳无音讯的持汉节而往西域之人：张骞啊，你在哪里？

二

公元前129年，张骞倒是真的发声了，但不是在大汉，而是在匈奴王庭。

这无疑是昆仑神的失察，是大匈奴的耻辱。所以，这一消息被迅速封锁起来。

军臣大单于一脸怒气地斜坐在狼皮大椅上，环顾左右，良久，才怒不可遏地大吼："丢……丢死人了！"

的确是丢人。一个被匈奴囚禁了十年之久的汉朝间谍，非但顽固不化，还在重重监视下失踪了——他们只承认是失踪，匈奴是个死要面子的民族，在一切还未知的情况下，他们不会轻易承认失败。

上谷郡一役，匈奴大胜，虽然被卫青一部践踏了龙城，着实令他们气恼，但对于匈奴而言，只要昆仑山不倒，昆仑神就永远眷顾着他们，只要朝着昆仑山的方向膜拜，任何地方都是龙城，再说，被一个他们瞧不起的人得了便宜，并没什么可耻的，你再怎么嚣张，老子仍然瞧不起你。当然，这种狂妄自大让他们日后倒了大霉，但这时候，卫青不足虑也。

这原本是一个庆功宴。左右贤王，左右谷蠡王，左右大将，左右大都尉，左右大当户，左右骨都侯统统到齐了，他们一面品尝着掠夺来的美酒和食物，一面欣赏着汉朝歌姬的优雅舞姿，每个人内心的小鹿扑通扑通地乱跳。酒过三巡，这些将军王爷的荷尔蒙就飘满了帐篷，他们贪婪地盯着舞女们的腰身，口水流到了酒里，酒又被喝到了嘴里，有人按捺不住，将身边倒酒的汉女一把搂进怀里，更有甚者，脚步踉跄，一步三摇地窜到舞女中间，学猪八戒找媳妇，跌倒了爬起来，爬起来又跌倒了……他们丑态百出，他们不管不顾……伊稚斜仰天大笑，唱道：

清晨我渡过从昆仑山流下的神泉白水啊，
登上了昆仑山阆风之地，拴马远眺。
蓦然回首辰溪大酉山，不禁涕泪交流啊，
哀叹那高山上无美女可求。
匆匆又来到春山穆天子的仙宫啊，

顺手折了一束槐花佩在身上。
趁着玉树之花尚未凋落啊，
寻一个下界美女把礼品来投。
……

这样的场景，在我们悠久的历史长河中，屡见不鲜，五百多年后的南北朝曾有过；一千多年后的宋末元初曾有过；又四百年后的明末清初曾有过；又三百年后的中日战争也曾有过……几乎每一次朝代更迭，妇女都首当其冲，成为士兵发泄的工具——而毋庸置疑，每一次异族入侵，这种灾难就显得更为巨大，更为粗鄙。

……

张骞终于瞅准了机会，他带着妻子儿女还有甘父，对那些监视他的匈奴士兵说："你们也去玩吧，我们来放牧。"

匈奴士兵眯着醉醺醺的小眼睛，他们看不清张骞内心暴涨的秘密。他们太熟悉这个倔强的汉人了——对高官孤傲不羁，对他们却以诚相待，给他们做过汉朝的陶器和桌凳，教他们酿造汉朝的美酒，给他们讲述大汉的皇宫逸事，给他们演唱汉朝的《诗经》，与他们一起喝酒聊人生，向他们学习匈奴语言和生活风俗，热衷于西域三十六国的逸闻怪事，爱刀喜马爱草原……是啊，十年了，他们会的，他都会了，他会的，他们还没有学完，他们喜欢这个在他们眼皮底下做了十年苦工的汉人，很多时候，他们将他看成了匈奴的一员。

匈奴士兵高兴极了，临走的时候冲着张骞的妻子使了使眼色，他们给这个“线人”打了招呼。但他们没想到，这个曾经的卧底，早已经投诚了，她只有一个信念：夫唱妇随。

那个天气晴好的深秋的早晨，张骞一行备好了干粮，从容地赶着羊群渐行渐远，直至天黑，也没有回来。但匈奴士兵并不着急，他们或者坚信张骞是信守承诺的可靠之人，或者被汉朝妇女姣好的面容迷瞎了双眼，或者长醉不醒，但不管怎样，张骞都显得可有可无。

一天，两天，直到第三天，宴会终于接近了尾声，各路人马拖着疲惫的身子回帐收拾行囊，士兵们也各就各位的时候，有人才惊讶地发现：张骞不见了。他们翻遍了张骞的家，搜索了方圆十里，除了找到那群还在吃草的羊，没有发现一丝人的踪迹。

抄家的人说：“什么都没有带走，不会逃跑的。”

搜索的人说：“没有任何蛛丝马迹，肯定是逃跑了。”

负责看管张骞的都尉着慌了，派人向分散在各处的张骞曾经的随从打探消息，但一无所获……

这件事很快就传到了军臣单于的耳朵里，大单于从梦中惊醒，迷迷糊糊地问：

“谁?”

“张骞?”

“哪个张骞?”

一脸沉郁的汉朝太监中行说（音同月）低沉地说：“大单于，煮熟的鸭子飞了，要出大事了。”

大单于才回过神来，不屑地说：“天下太平，能出什么大事。”

中行说正色道：“汉使张骞逃走了，后患无穷啊。”

单于终于想起来了，似乎真有这么一个人，持汉节要从匈奴借道去西边的国家贸易，他扣押了他，还给他娶了一房媳妇，不是过得好好的吗？呵呵，可笑，这么好的日子，还要逃，犯得着吗？再说，跑就跑了，偌大的匈奴，他又能跑到哪儿去呢？不必大惊小怪。

但中行说说：“这是引狼入室，哦，不，不，是放虎归山。”

这个从汉朝叛逃而来的太监，一心想借匈奴之手灭了大汉，他不允许出任何纰漏，他深知，张骞此一去，犹如千军万马。

大单于对他信到了骨子里。于是，一个最高规格的紧急会议连夜召开了。在中行说的慷慨陈词下，张骞失踪一事成了匈奴本年度的顶级大事。

天网恢恢，他能跑到哪儿去？

左贤王说："掘地三尺，都要抓到他。"

右贤王说："全线封锁，叫他有去无回。"

是以，匈奴全境高度戒备，他们织了一张大网，等着张骞。

这一年，匈奴的史官们沉重地记下了这样几个大字标题：

"大汉间谍失踪，举国震怒！"

而匈奴王庭则因着"赋税诸国，取畜给焉"，及时颁布了告西域诸国书：凡收留匿藏汉使者，伐之！

中行说熬红了眼睛，督促文官们在崭新的羊皮上写了三十六篇雄文，然后派使者发往西域各国。他们只是想威慑吓唬那些胆小的人，但他们终究十分迷茫。

三年后，发动政变即位的伊稚斜大单于也发出了与刘彻同样的慨叹：张骞啊，你在哪里？只不过，他的语气中满是愤恨。

三

"羌笛何须怨杨柳，春风不度玉门关。"这是唐人王之涣《凉州词》里的佳句，现在看来，倒是吻合了张骞当时的心境：何须怨？

既然无怨无悔，那就出发吧。西出玉门关，便是自由身，一路风沙，满眼戈壁，尽管甘父能够百步穿杨，但鹰翔高空，兔不送死，满眼荒芜中，在死亡的紧要关头，他们唯有饮马血，食马肉才幸免于难。而在这次长征中，张骞的匈奴妻子做出了巨大的牺牲，按照匈奴风俗，他们视马为神物，不能饮血食肉，但为了生存，为了张骞，为了年幼的孩子，她不得不破除了自己的禁忌，她牺牲了小我，成就了张骞的忠义。

为了避开匈奴的追杀，张骞只好借道车师前王庭（今吐鲁番），避开离匈奴最近的楼兰和焉耆，穿越两国之间的荒漠到达龟兹。龟兹是当时西域诸国中最大的国家，人口有八万之众，而其他小国，人口多为数千人，其中最小的小宛国，只有一千五百多人。因而，当时西域诸国间的争霸，颇似中原一带几个山头的土匪火并，并不浩荡，有一支千人左右的骑兵，便可攻城略地，所以，距离匈奴势力最近的几个小国，诸如乌孙、楼兰、焉耆、车师等，都无不受匈奴控制，他们在这些小国中设有幢仆都尉，向各国征收赋税。经过常年战乱，至张骞到达西域时，西域便已由原来的五十余国，合并为三十六国，而这三十六国又因为相距甚远，前后不顾而得以相持保全。

至龟兹，张骞才彻底摆脱了匈奴的眼线，松了一口气。

在龟兹王城的客栈里，身心疲惫的张骞，望着窗外一钩残月，听着身边妻儿沉睡的声息，不禁悲从心来，他仿佛从绝望中看到了希望，而希望又如此渺茫，前无路标可寻，后无退路可返，他魂牵梦萦的大汉，何日才能抵达？一阵阵愧疚和思乡之情翻涌而上，两行清泪顺脸颊流下，他披衣而起，攀上木梯，站在客栈顶端，低声唱道：

昔我往矣，杨柳依依。
今我来思，雨雪霏霏。
行道迟迟，载渴载饥。
我心伤悲，莫知我哀！

而这时，远处有器乐鸣于夜色，哀婉低沉，声声动人，后又伴有男音歌唱，虽听不懂言辞，但音律却能使人宁静，如一缕清辉，沁人心脾，张骞细听之后，觉得这乐曲仿若专为他而歌。次日清晨，张骞将昨晚所记音调求问于店家，店家言说："那是《摩诃兜勒》，早些年从南边身毒国（古印度）传来。"张骞一阵欣喜，在店家的指引下，于城南街市见到了卖唱的老者，因此曲是老者流浪西域各国时所得，他的演唱词句也是即兴创作，并无根源。在张骞的恳求下，老者将曲子教于张骞。

《摩诃兜勒》一曲被张骞带到汉朝以后，给中国音乐注入了新的陌生元素，从而带动了边塞诗歌的发展繁荣。西汉音乐家李延年以这首曲子为例，衍生出了新的同一音调体系的二十八首乐曲，其中就有以关山为题材所作的《陇头》一曲，所用乐器主要有鼓、角，用于军中，适用于马背上演奏。《陇头》，即《陇头吟》，又名《陇头水》。按照古人音乐创作和表演的惯例，必将诗、歌、舞三者融为一体表演，因而既有曲谱，便有诗词，目前发现最具代表性的以此曲来演唱的诗歌是魏晋时期的《陇头吟》三首：

陇头流水，流离山下。念吾一身，飘然旷野。
朝发欣城，暮宿陇头。寒不能语，舌卷入喉。
陇头流水，鸣声呜咽。遥望秦川，心肝断绝。

但这三首诗歌至今作者不详，创作背景无从知晓。诗中描写了人们途经关山的劳役之苦，流浪之苦。歌吟之声显得苦楚凄凉，而又慷慨悲壮。关山从此便成为诗人吟唱的重点符号，从而在数千年的地理书写长河中，久唱不衰。

张骞在龟兹休整了一些时日，重新出发，便一路畅通，虽然前路既是沙漠戈壁，又是冰冻雪封，但自然环境的艰苦对他来说早已微不足道了，他心中燃起了一团火——离月氏国不远了。张骞一行很快就翻越了葱岭，到达大宛（今费尔干纳盆地)。他们受到了大宛国王的热烈欢迎，国王派向导帮助他访问了周边各国。张骞派甘父以大汉使者的身份出使大夏。大夏人早就渴望与中原汉朝交互往来，可又苦于匈奴封锁隔绝道路，而去西南方向的印度又比较便利，大夏的街市上，随处可见蜀布、邛竹杖等东西，得知“从东南身毒国，可数千里，得蜀贾人市”。张骞发现，西域诸国之间的贸易交通，以及与印度在贸易与文化上的交流，远比汉人想象中的繁华得多，他们开阔的视野和包容的贸易心态，令他叹服，比较起来，汉人在长期的思想禁锢中，反而成了井底之蛙。因而，张骞在回国后，不久便谋划了第二次出使西域（公元前119年），完成了他由间谍到外交官的华丽转身，他的人格魅力也由此提升到了开宗立派的高贵层面。

张骞大汉使节的身份至此才被西域各国接纳，并与各国约定了友好往来的口头协议，为日后丝绸之路的发展奠定了基础。

数月后，张骞经康居，顺利抵达大月氏。多年前，月氏人被匈奴击败西迁，一路流浪，很长一段时间里，居无定所，在经历了无数次征战，饱尝了无数艰险辛酸后，才征服了塞人，占领了他们的土地，将塞人收编为奴隶，好不容易才有了而今安居乐业的舒适局面，因而在张骞将汉武帝设想的联合夹击匈奴的愿望转告月氏国女王后，月氏女王思虑再三，很遗憾地拒绝了张骞，她不想再让她的族人遭受杀伐和流离，安定地生活比复仇更重要。

在月氏国盘桓数月，无果后，张骞不得不返回复命，表面看起来，他呕心沥血，忍辱负重十多年的使命成了一个笑话，但于张骞而言，他战胜了天时地利，他将大汉的国威传遍了整个西域，他用那令人震惊的生命强度宣示了他的伟大，“凿空”成了后人无可比拟的绝唱。因而，张骞对于后世的意义，并不在于他的使命和目的，而在于他行走西域的整个过程——他完成了别人无法完成的大业，他告诉所有人，此路可行。他的威望在他的行走中一节一节地高大起来，乃至后来，西域各国只知博望侯，而不知汉武帝。

为了避开匈奴，张骞从月氏国南下绕道大夏，依傍南山，取道于阗，沿河西走廊最南侧进入古羌人境内，昼伏夜行，企图穿越无人区而至大汉，可遗憾的是，张骞再次被匈奴人捕获。这一幕想必是令人绝望的，张骞内心深处紧绷的那根弦在那一刻铮然一响，灭顶之痛贯穿全身，他的全部理想和抱负功亏一篑，张骞颓然倒地……

有必要说一下当时盘踞于陇西（今定西，天水一带）的古羌人，《说文·羊部》称：“羌，西戎牧羊人也，从人从羊，羊亦声。”是中原朝廷对西部游牧民族的泛称，因而，古羌并不是一个民族，与今天的羌族并不是同一个概念。经过历史演变，古羌人应为西戎一脉，而“秦之为戎，固不自疑”，因而秦人翻关山东迁以后，逐鹿中原，统一中国，对大后方的古羌人加以善待，古羌人以微弱之势得以存活，至大汉，匈奴崛起，古羌人察言观色，在汉初臣服于匈奴，为其所用。

张骞进入羌人境地，很快被牧民发觉，仍以奸细之名被押解至附近驻扎的匈奴都尉处，因其地距离匈奴王庭较远，消息闭塞，他们并未认出此人便是张骞，再加之张骞有匈奴妻子，他们不明就里，只好暂时扣押，以待来日押解上级处置。而天不绝人，此时（公元前126年冬），匈奴军臣单于死，本意要立太子於单为大单于，但其弟左谷蠡王伊稚斜觊觎单于之位，发动暴乱，击败太子於单，自立为单于。太子於单败逃后向刘彻投降，被封为涉安侯，数月后去世。这次匈奴内乱，牵动了匈奴上下所有人的神经，羁押张骞的都尉也无暇他顾，放松了对张骞的看守，张骞趁乱出逃，一路狂奔，不久便进入大汉之境，到了关山脚下。

四

当衣衫褴褛、蓬头垢面的大汉使者张骞携妻带子，骑着矫健的汗血宝马穿过秦亭的街道时，人群一阵阵骚动，各色人等驻足观望，当然，并不是说张骞有多英俊，身边的甘父有多威武，他的匈奴妻子有多貌美，而是因着他的胯下有一匹“天马”——汗血宝马“头细颈高、四肢修长、皮薄毛细，步伐轻灵优雅、体形纤细优美”，与大汉马匹不可同日而语，在人人识马的秦亭，它很快就成为人们瞩目的宝物，轰动一时。

这是一段我们从常理得来的推测：大宛国王待张骞为上宾，视大汉为天朝，他既然有意和大汉互通有无，就该“以礼相待”，送一匹马又有何妨？再者，张骞能顺利返回，长途跋涉，有这种矫健之物为坐骑也在情理之中。但不知因何故，历史传言汉武帝见到汗血马时已经到了汉武帝元鼎四年（公元前113年）秋，还是一个名叫“暴利长”的敦煌囚徒所献，这多少都有点匪夷所思——一个敦煌囚徒，何以能将一匹马敬献给皇帝，而且还在史书上留了姓名？而最具权威的史家司马迁并没有提到张骞带回了汗血马，只说张骞归来后对刘彻说：“西域多善马，马汗血。”其余的部分便只能交给文学渲染了。至于后来大汉军队两次远征大宛豪夺天马的事，则肯定是军事需要，与张骞无关了。

但不管怎么说，张骞归来的确成了公元前126年冬天里大汉王朝的重磅新闻，秦亭的“官方网站”以“忍辱负重十三载，归来何止泪满襟”为题对张骞西行一事做了大事宣传，张骞一夜之间成了新的“网红”，粉丝由三百蹿至百万，且以每小时十万之众暴涨。信使手执竹简，一路高呼："张骞回来了，张骞回来了。"

这一年，大汉王朝并没有发生什么惊天动地的大事，但在表面的风平浪静中，却因着几个重要人物的退场和出场，刘彻王朝出现了新的转机。

先是刘彻的母亲王娡崩于长乐宫，这个受了半辈子夹板气的太后，在刘彻的奶奶窦太后死后逐渐得势，提携自己的弟弟田蚡为丞相，兄妹二人里外联手，权倾朝野，掣肘刘彻，使其大事不能自决，至她死后，田蚡之势得以减弱，汉武帝恰好到了而立之年，皇权拨云见日，达到一统。

也就在这一年，政治家主父偃因受贿被诛九族，主父偃生前做过两件大事：一是清查诸侯国，以告发乱伦事件逼死了燕王和齐王（均自杀），在震慑了各诸侯国的同时，汉武帝又回收了燕国和齐国的封地，使得中央政权实力大增；二是上书"推恩令"，为刘彻削弱诸侯王势力指明了方向。

王娡和主父偃的退场，让汉武帝刘彻基本实现了独立自主。

而另两个人物的出场，虽不浩大华丽，却是成就"五百年一遇，雄才大略"的汉武帝辉煌人生的不可忽视的点缀，有趣的是，这两个人的出场甫一开始就像是冥冥之中的巧合，一内一外，朴素而暖心。

公元前139年，平阳公主家里唱歌的卫子夫被汉武帝临幸带入宫中，而身为郎官的张骞正好揭了汉武帝选才出使西域的皇榜。几个月后，卫子夫被封为夫人，张骞以大汉使节的身份出使西域。至公元前128年，卫子夫在主父偃的大力助推下，被尊立为皇后，而两年后张骞返回大汉，被封为太中大夫。

历史就是这样满含玄机，一个伟大帝王的文治武功，无不是在诸多顺心顺意的涓涓细流簇拥下名垂千古，巧合便是机遇汇聚而来的力量。卫子夫对内，她一生恭谨克己，执掌后宫数十载，使得宫中安宁，皇帝无扰，皇帝自是能集中精力应对天下众生。而张骞对外，他出使西域，成为“第一个睁开眼睛看世界的中国人”，皇帝的格局也因此而变得阔达。

卫子夫和张骞的出场，让阴郁的大汉王朝拨云见日，曙光即现。

那么，此刻，张骞终于回来了，这个被汉武帝放出去十三年的风筝，在断线之后仍然找到了归途，这是天意，还是奇迹？经过政治风云变幻之后的大汉朝廷，究竟能有几人还记得张骞之名？就连曾把张骞当做风筝放出去的主人刘彻也一定是有了“追忆似水年华”的蒙眬……他睁开惺忪的睡眼，望着端坐于卧榻之侧的卫子夫喃喃自语：“张骞？张骞……”

卫子夫不傻，她进宫后知道的头一件军国大事便是张骞出使西域，她甚至还因为受宠，跟着刘彻为张骞送行：她一入世就看透了汉武帝心中的一盘大棋。她甚至在心里对张骞这个名字念叨了上百遍，她想：“可惜了。”

但那个傻小子却回来了，卫子夫的震惊不亚于任何人，而绝顶聪明的卫子夫却并不将她的震惊显露于色，她淡淡地说：“张骞呀，哦……就是那个十多年前出使西域的张骞呀……”

汉武帝从床上一跃而起，披头赤脚疾奔出宫，他要召集群臣，迎接张骞。

汉武帝端坐于宫殿之上，内心久久不能平静。群臣叽叽喳喳，议论不休，他们都在夸着张骞，都在等着张骞。

然而，汉武帝得到的却仅仅是一片竹简，一个消息。

他即令：召骞面圣。

丞相田蚡奏曰：骞蓬头垢面，衣不蔽体，恐惊圣威，尚在秦亭休整，不日便可回京。

汉武帝哦了一声，失望地将身子陷回了龙椅，他知道秦亭远在陇头西麓，尚远，惊喜来得太早了。

然而，在政治家群英荟萃的大汉王朝，不乏“颇有见识者”，在皇帝失望之际，有人站出来质疑：张骞为何不肯及时见驾，怕是心有猫腻。

试问：他凭什么被捕而不被杀？凭什么能在匈奴娶妻生

子？凭什么就他一人独善其身？又凭什么在匈奴内乱中突围回汉？这样的人难道不可疑吗？谁能保证这不是敌人的反间计？

是啊，此言一出，刘彻内心的波澜就掀起了一丈之高：难不成张骞真的不是早先那个张骞了？

一石激起千层浪。在国际时局动荡不安的彼时，在国内各方势力暗流涌动的彼时，天性多疑的汉武帝内心的那杆旗开始西风漫卷，他动摇了，他怀疑了……

一个伟大帝王的多疑往往是致命的。三百多年后中国历史上另一个著名的政治家曹操就将这种帝王本性诠释得淋漓尽致，他说："宁我负人，毋人负我！"于刘彻而言，如果张骞真的叛国投敌，那无疑是引狼入室，是给猛虎一般刚要咆哮的大汉心窝上刺进一枚钢针……于是，汉武帝皱紧了眉头，一言不发地窝进了龙椅，看着群臣吵吵嚷嚷。

刘彻后来并没有急召张骞入宫，他采取了冷处理，传旨让张骞在秦亭休养，不说见，也不说不见。

张骞一下子就领会了皇帝的意图，他颓丧，他委屈，但他一言不发。

这时候，刘彻和张骞其实都思量着同一个矛盾：一方面，他们十三年恨不能相见，内心深处都渴盼着能相拥而泣，一诉衷肠；另一方面，他们对于多年的生疏造成的隔阂不能真正消除，仍相互忌惮。这就像两个高手对决，谁也不肯先出招。

我们的史学家后来都对张骞进行了一轮又一轮地拔高，这与他的功绩惠及后世有关，因而我们常人对张骞都是以绝顶高手的身份来认可和理解的。然而，至少在公元前126年，张骞并不是高手，在汉武帝眼里，他还只是一个不小心过了河的小卒子，用不用，都不影响大汉这盘棋的输赢。史实证明，张骞并没有为大汉战胜匈奴出过多少力，他身上的泥土还未擦净，他的光芒也未曾展露，这是君子张骞的不幸。

五

当然，一切并没有我们想象中的那么糟糕，风雪总有将尽的一天。

那年冬天的阳光有些单薄却也让人温暖。

在汉武帝多疑的一生中，他唯独对张骞的怀疑并不那么深刻。没错，在经过了一段时间的暗中调查之后，他选择了信任，这又是君子张骞的大幸。从这一点也可以佐证，张骞还不足以构成对大汉的威胁，也不足以成为刘彻真正的对手，所以，他成了唯一一个被怀疑过而又幸免于难的人。

这个三十八岁的中年人，在终于接到皇帝召见的旨意后掩面而泣，他打马上关山，面西而跪，他向这十三年来受尽的苦难深深一拜。他像一个被缉拿了十三年的逃犯，至这一刻冤情被雪，有国有家了。

但是，皇帝接纳了他，同时也深深伤害了他，皇帝信他了，他却不信皇帝了。

为避免妻儿受到牵连，张骞在临行前借口妻子病重，不能远行，便将妻儿安置在秦亭，只身一人翻关山去长安面君。

这一次，刘彻是冷静的，他望着张骞历经沧桑的面容，竟然想不起十三年前他出发时的模样。刘彻其实略有失望，但为了显示他的宽厚，他还是装了装样子，对张骞高调夸赞了一番，特封他为太中大夫，授堂邑父为“奉使君”。

张骞将在匈奴和西域的所见所闻向汉武帝做了详尽的汇报，除了匈奴之事外，还对葱岭东西、中亚、西亚，以至安息、印度诸国的位置、特产、人口、城市、兵力等都一一奏明，形成了中国历史上对西域诸国第一次翔实可靠的记载，为后来丝绸之路的建设提供了最为珍贵的资料。然而，刘彻的心思并不在西域那些偏弱的小国上，除了对外部世界的好奇和新鲜之外，他最感兴趣的就只有匈奴和大宛国的“天马”了。

张骞带来的信息，让汉武帝知彼知己，他说：“到了最后决战的时刻了。”

元朔六年（公元前123年），因熟悉地形，“知水草处，使军得以不乏”。张骞以校尉身份跟随卫青攻击匈奴。卫青大获全胜之后，张骞因此被封博望侯，走向了政治生涯的巅峰。

元狩二年（公元前121年），年仅十九岁的骠骑将军霍去病于春、夏两次率兵出击占据河西（今河西走廊及湟水流域）地区的匈奴浑邪王、休屠王部，歼敌数万人，又俘虏了匈奴王侯将相等百余人，同年秋，霍去病纳降了匈奴浑邪王一部，控制了整个河西地区，张骞第一次走过的西域之路自此畅通无阻。

当张骞把他的价值消耗殆尽，他身上的荣光就虚得像阳光下的白雪。

元狩三年（公元前120年）秋，西汉大军兵分两路，从右北平（今河北东北部）、定襄（郡治成乐，今内蒙古和林格尔西北土城子）攻击匈奴，张骞以卫尉身份率汉军主力迎击匈奴，李广率四千骑兵出右北平配合张骞，但张骞因行军迟缓，未能如期抵达目的地，导致李广一部四千余人被匈奴左贤王率四万骑兵包围，险些全军覆亡，幸亏卫青兵团解围，才没酿成大祸。但这事直接给张骞带来了灭顶之灾，刘彻对张骞的余怒一下子爆发了出来，他大发雷霆：当斩。

在生死攸关的紧要关头，张骞的忠厚品质积攒下来的良好口碑救了他的命，众人都为他求情，尤其是李广和卫青，更是挺身而出。刘彻后来想出了个万全的法子，让张骞用侯爵赎罪，将他贬为庶人。

由此看来，张骞在军事上并无过人之处，他又一次走向了人生的低谷，并给自己英武的一生贴上了一个抹不去的暗记。

他只好再次翻越关山，入秦亭与妻儿团聚。但庆幸的是，张骞的失误除了让李广再一次失去了杀敌立功封侯的机会之外，并没有给大汉带来厄运。

元狩四年（公元前119年）春，狠下决心的汉武帝，派遣大将军卫青、骠骑将军霍去病各率五万骑兵及数万步兵从东西分两路深入漠北，汉匈之间规模最大的一场战役漠北之战拉开了序幕。

骠骑将军霍去病率校尉李敢（李广长子）等出塞后，长驱直入，所向披靡，一路追击匈奴至今日蒙古国境内的狼居胥山。李敢也得以完成了父亲李广一生的夙愿，被封为关内侯。卫青一部从东路扫平了匈奴王庭，使匈奴右贤王率领四万余人向汉投降，伊稚斜单于及左贤王见大势已去，遂领残部向西逃去，溃退数千里，使得“漠南无王庭”。自此，中国历史上显赫一时的大匈奴帝国开始由盛转衰，大汉王朝进入了鼎盛时期。

从此，大汉与西域之间的障碍得以荡尽，西去之路虽然艰辛，但已无险。

在经历了政治生涯的大起大落之后，郁郁寡欢的张骞在秦亭对自己的人生进行了一番梳理，他讶然发现，他的生命已经与西域紧密联系在一起了，十三年的西域时光，使他对大汉的政治无所适从，他知道，他剩下的生命，唯有一路向西。于是，在大半年的时间里，他对西行的路线进行了细致周密的规划和调整，对西域诸国与大汉的需求做了深入思考和总结。当大汉凯旋的消息传来的时候，张骞浑身一震，泪如雨下，他说："该上路了。"

公元前119年夏，在长乐宫的喜宴中，汉武帝接到了张骞要求再次出使西域的奏疏："今诚以此时而厚币赂乌孙，招以益东，居故浑邪之地，与汉结昆弟，其势宜听，听则是断匈奴右臂也。既连乌孙，自其西大夏之属皆可招来而为外臣。"刘彻想了想，便在心里画了一个圈，在他的江山蓝图里，整个西域便被他圈了进去，他蓦然生出一个念头：朕的天下，应该是"广地万里，重九译，致殊俗，威德遍于四海"。于是，汉武帝便又拜张骞为中郎将，命他率三百人，牛羊金帛以万数，出使乌孙。

张骞终于由一个国际间谍变身为真正的商贸团团长。他找到了自己对于中原万千百姓的价值，完成了由忠而义的蜕变。这一人格的升华，才是张骞光耀史册的开端。

张骞建议汉武帝在西去之路上设立驿站，为日后商贸往来提供便利，汉武帝欣然答应，给予张骞最大权力，让其在西行之时，酌情安置。张骞适时奏请，鉴于秦亭长期受到羌人的骚扰破坏，可先在关山之上设立驿站进行试点，一方面可以保护过往行人，一方面可以抑止羌人。汉武帝同意设驿，任命张骞的长子张绵为大汉出陇山的首个驿站的行政长官。

丝绸之路上第一个辖行政、军事一体的驿站“张绵驿”从此诞生。

一驿过一驿，驿骑如流星。

平明发陇山，暮及咸阳城。

张绵驿的建立，让七日才可越的关山变得通坦，朝暮可至。这个试点的成功，很快延及整条丝绸之路，西行的艰险系数从而大大降低。是以，毋庸置疑，此后的西行者所经受的磨难，不管是史料还是文学作品如何夸张，都不及张骞。

关陇道在张绵驿的庇佑下，逐渐灿烂辉煌，陇右百姓沿着这条路一步一步慢慢走向了长安。正是有了这条“高速公路”，关山西麓的羌氐之族才得以瞻望中原，在往后的历史中傲视天下。

十五六岁的张绵站在关山之巅，目送父亲远去的背影，此时他尚不能体会父亲内心的激荡和脚步的轻盈。但他明白，他要在这里战斗，在这里坚守，等待父亲的归来。

张骞这次西行，一路风光，沿途各国均以礼相待。张骞到乌孙后，又分遣副使去大宛、康居、月氏、大夏等国。

尽管张骞两次出使西域，都是以郎官身份持汉节，但西域各国为了表达对他的尊重，都仍然称其为博望侯。博望侯名贯西域，西域各国纷纷派使节回访长安。

元鼎二年（公元前115年），张骞返回大汉。

国家安定，欣欣向荣，正是发展经济的大好时机，张骞这一次出使西域恰好迎合了大汉工作的重心，因而他又一次被汉武帝重用，被拜为大行（即现在的外交官），位列九卿。

而在常年的风餐露宿，长途跋涉中，张骞的身体每况愈下，一年后，也就是元鼎三年（公元前114年），刚刚年满五十岁的张骞病逝于长安。

张骞之死，给他的匈奴妻子带来了灾难性的打击，这个远离故土，淑慎其身的匈奴女子顿觉天地一片黑暗，终日以泪洗面，不到三年光景，便也撒手人寰，追随张骞而去。他们的另外两个儿子——次子张络，三子张絮其时也已长大成人，弟兄三人将母亲葬于秦亭北面的山岗上，后人为纪念这位无名匈奴公主，称其为“长悲公主”（为常年悲伤之意），她墓地所在的川道，后人又称为“长悲川”，以示怀念。

陇头流水，流离山下。

念吾一身，飘然旷野。

陇头流水，鸣声呜咽。

遥望秦川，心肝断绝。

或许，这两首《陇头吟》就是为她而作，为这个背井离乡，夫唱妇随的匈奴女子而唱。她用“心肝断绝”让人们记住了张骞，记住了张绵驿。

“绵绵瓜瓞，民之初生。自土沮漆，古公亶父。陶复陶穴，未有家室。”这是《诗经·大雅·文王之什》中的《绵》篇，是周朝百姓歌唱周太王古公亶父由豳地迁往岐山建立大周的功绩的作品。他们说“文王之兴，本由太王也”。全诗九章，每章六句。

而在继《尔雅》之后中国古代的另一百科词典《广雅》中对“绵”最早解释为“连也”（《广雅·释诂四》），连绵之意。绵又是丝绸的前身。

张骞在儿子身上倾注了太多未竟的抱负，他希望他能连通，让中国的丝绸走得更远。

张绵尽其一生驻守关山，与羌氐搏斗，驿站几经易地，但仍秉承张骞的壮志，为丝绸之路的持续开拓用尽了全力。

可惜，世事沧桑，兴衰轮回，不知哪朝哪代，关陇道上的百姓再也见不到“绵”了，他们把“绵”当成了“棉”，张绵驿也就成了张棉驿，至今犹在关山里，在今天的甘肃省天水市张家川县境内，一镇也。

可以肯定地说，在人才辈出的大汉，张骞并不算是最为优秀之才。

且不论文治武功绝胜一时的汉武大帝，单就几个彪炳史册的臣子而言，张骞文不过贾谊、董仲舒，武不过卫青、霍去病，更何况在风雨际会的彼时，他的丰功伟绩又不能突显，因而相对整个大汉王朝，张骞身上的光芒还被一层泥沙覆盖着，他因此而有一种壮志未酬的忧郁，这种忧郁随着他的身乏力竭而更加强烈——他一定是渴望着在有生之年，再去西域一次，两次，或者更多……他用尽了毕生的力气和血汗，蹚出了一条通向远方的坎坷之途。

多年以后，当关山的商队络绎不绝；当张绵驿的街道繁华恣肆；当西域各国的使者往而复来；当中原的使者疾驰而过；当陇头流水的歌声传唱天下……中国历史上第一位真正的外交家张骞便在世人的敬仰中逐渐成为群星璀璨的大汉王朝中身价最高的明星。

是的，张骞根本不会想到，在他身后的千百年间，中华民族正是站在他的肩膀上，瞭望世界。

两把木楔

一

元朔二年（公元前127年），英明神武的汉武大帝做了两件大事，直接决定了大汉王朝的生命走向。一是春节之后，他采纳了中大夫主父偃的建议，颁布了“推恩令”；二是在冰消雪融之时，发动了河南战役。这两件几乎齐头并进的大事，不论是对皇帝本人的皇权巩固，还是对整个王朝的由弱走强，都具有决定意义。

早在两年前的上谷郡战役之后，匈奴人便愤恨异常，他们把几乎战成平局的小胜看做是大匈奴王国的奇耻大辱，为了报复，他们不断打马挑衅。一年前的深秋，匈奴兵分三路，突破长城关塞，抢掠无数，左路军甚至斩杀了辽西太守。火烧眉毛之际，汉武帝只好急令卫青率三万骑兵突击雁门关，令大将李息侧出代郡，两部不辱使命，卫青“斩首虏数千”，匈奴的嚣张气焰才得以遏制。

这年春天，野心勃勃的匈奴左贤王在大地刚刚解冻，万物尚未复苏之际，就又向大汉王朝滋事，纵兵进犯上谷、渔阳。时任材官将军的韩安国率领边关守军七百余人，埋伏两侧狙击敌人，但终因敌我力量悬殊，大败后只好退入城邑死守。

这样的对垒在汉匈边界已是家常便饭，守城的士兵也见怪不怪，年纪大点的，从一参军就在这样的进退中消磨掉了青春。他们悠闲地看着城下匈奴士兵嗷嗷大叫，看着他们烧杀抢掠，就连本性里该有的激愤也几乎削减殆尽。当然，他们也知道，很多时候，匈奴人并不是为了攻城略地，他们就像困兽出山，无非是为了吃喝穿用。果然，在汉军退守不出之后，匈奴人由着性子掳掠千余人及牲畜上万头扬长而去，并像受人欺负的小孩子似的放出狠话：当入东方。

春雷阵阵，匈奴士兵喊杀震天，越过云端，直抵未央宫。

年轻气盛的刘彻，在一株含苞待放的桃花前大怒，他折断桃枝，大叫：欺人太甚。

的确是欺人太甚。不断地烧杀抢掠，早已让大汉百姓苦不堪言，就连京城长安也几受威胁，倘若不彻底反击，大汉危矣。道理谁都懂，普通百姓懂，皇帝更懂，但百姓只知道国强民富了，该打该杀，却不知道一着不慎满盘皆输。

这样的愤怒在大汉王朝历代皇帝身上并不少见，可平静后，他们要么割地，要么和亲，委曲求全成了他们得以休养生息的法宝。但这一次，忍够了的刘彻却说："老子要让你们有来无回。"这样的话，刘彻在上谷郡战役前说过，现在重温，气势自是与上次不同：不是恼羞成怒的大吼大叫，而是胸有成竹的掷地有声。

然而，攘外必先安内。

尽管两年的时间里，卫青锋芒尽显，大汉王朝也今非昔比。但各诸侯国的气焰也比之前更为嚣张。

汉文帝时，少年才子贾谊鉴于淮南王、济北王的谋逆，曾在《治安策》中上书建议对诸侯国应该"众建诸侯而少其力"。谨慎的汉文帝尽管接受了这一建议，但还是囿于手足之情和情势之危，也为了防止再生不必要的反抗，只做了小范围的调整，并没有彻底推行，使得这一顽疾延续到了景帝即位。绵软孝顺的汉景帝甫一上任，就感到危机四伏，再加之窦太后掣肘，皇权便受到严重威胁，景帝二年（公元前155年），他采纳了御史大夫晁错的《削藩策》，决心对诸侯国

“削减封地，收回旁郡”，但这一决策引起了各诸侯王的强力反对，从而在削藩令颁布十多天后，引发了以吴楚为首的七国之乱，尽管景帝迅速平定了叛乱，并含泪斩杀了晁错以谢天下，各诸侯王的势力也在一定程度上有所削弱，但终归养虎为患。至武帝初年，以淮南王刘安为首的一些大诸侯国逐渐崛起，实行地方自治，一面拥护中央政权，一面拥兵自重，个别诸侯王甚至与匈奴勾结，阻众抗命，严重威胁中央集权。因而，文治武功的汉武大帝，在决定全力以赴反击匈奴的时候，心里还是颤了一颤，回想身前身后事，不禁倒吸一口冷气。

汉武帝再清楚不过了，大汉王朝看似日益强盛的表象下，其实是各诸侯国垂涎三尺的暗涛汹涌——一旦中央军队西击匈奴，身后定然是冷箭万千。

这一年的春节刚过，长安城里节日的繁华还未散尽，达官显贵家里的宾客还络绎不绝，从各诸侯国依礼制前来朝贺的诸侯王和公子小姐还有大半留在长安，该攀附的攀附，该笼络的笼络，明的暗的迎来送往好不热闹，尤其是淮南王刘安之女刘陵，因美色和舞技，开俱乐部，办酒会，从而窃取中央机密。刘陵招揽一批绝色美女陪侍宾客，时常通宵达旦，中央大部分高官都被她买通收服，就连刘彻的舅舅田蚡，以丞相之身也难免拜倒在其裙裾之下。

这些事很快传到了刘彻的耳朵里，他终于下了决心要整理一下内务。而恰逢这时，中大夫主父偃上书“推恩令”：建议各诸侯王保持原有的封地不变，让其子孙依次分享封土，地尽为止；封土广大而子孙少者，则虚建国号，待其子孙生后分封。

这道法令名义上是施德惠，实际上是剖分其国以削弱诸侯王的势力，既迎合了刘彻巩固皇权的迫切需要，又迷惑了诸侯王对削藩的敏感反抗。汉武帝一看大喜，便立即颁布执行。各诸侯王也大多欢喜，跪拜谢恩，个别窥破真意的，也无力反抗，只得顺从。自此，诸侯国国势大减，皇权危机得到了彻底解除，从根本上稳固了大汉王朝百年基业屹立不倒。

随后，刘彻为了试探匈奴，发起了大汉历史上第一次对匈奴的主动反击战。以卫青为首的新一代大汉将领锐气逼人，他们长途奔袭云中、高阙，将计就计，突击了匈奴白羊王、楼烦王两部，俘虏数千人，得牛羊百万余头，收复了河南之地。

这里的“河南”指的是今天的巴彦淖尔盟乌加河以南，以鄂尔多斯高原为主的广大区域。

“河南之战”大获全胜，大汉王朝从此转危为安。刘彻在河南之地修筑朔方城，移民十余万，屯田戍边，并置朔方郡和九原郡，开辟了一个与匈奴作战的崭新局面。这场战役并不是倾国之战，汉匈双方投入的兵力也极为有限，但自此之后，大汉的边境线便北移到了黄河沿岸，解了长安之危。不久，卫青收复河朔，被封长平侯，一个被人瞧不起的家奴从此开始登高望远，万人敬仰。

这个靠着姐姐的胸脯上位的侯爷，用他的卓著战功给了那些嘲笑他的人一记响亮的耳光，使他的整个家族荣耀倍增。

如果说卫青是底层小人物咸鱼翻身的传奇，那么，霍去病便是有才有志的官二代，与他的舅舅比较起来，他的成功就容易得多。所以，后世常有人讨论，卫青和霍去病哪个人的战功卓越一些，想来就有些可笑。

如果没有卫青，哪儿来的霍去病啊？

二

对于卫青的出生年月，史书并没有明确记载。

依照汉朝礼制，女子十三岁便到了法定结婚年龄，最迟十八岁便不能留在闺中，若是三十岁的老姑娘，就要被罚“五算”，相当于“剩女”税，大约是六百个五铢钱。而一般的豪门贵族，基本上都在十三岁前就给小姐定了终身，十三岁一过，就开始谈婚论嫁，而穷苦百姓或是家奴，则往往要迟三四岁。

汉武帝建元二年（公元前139年）的春天，十八岁的少年天子刘彻去霸上祭祖，回宫时突然心情郁闷。自即位一年多来，他纵然胸怀大志，却处处受人牵制，以奶奶窦太后为首的窦氏朝臣掌握着朝廷实权，即便他是天子，办事却由不得自己，就连娶妻立后这样的事也是窦太后一手安排好了的，七岁的时候就因为政治需要娶了姑姑的女儿为太子妃，等到成年同床多年，却并无子嗣，而娇惯任性的皇后又脾气暴躁，借着太后的威严时常给他难堪，原本心中对这场婚姻不大认同的皇帝，长大后便越发心存怨恨，再加之皇权旁落，有力无处使，整日里便只好以骑射打发时间。而在刘彻最亲近的人里面，除了他的母亲，就只有长公主平阳对他最好。

从霸上回宫，正好要经过平阳公主的府邸，为了消遣，刘彻就打发了朝臣和仪仗队，带了护卫亲兵顺路去了平阳侯的家中看望姐姐。长公主为了讨好弟弟，物色了十余个美貌的女子来伺候他。不承想就碰到了含苞待放的卫子夫，皇帝当时就在更衣间里临幸了她。大汉王朝由此便翻开了新的一页。

这一年，按保守推算，卫子夫大约是十四五岁的年龄，作为她一母同胞的弟弟，卫青大约是十二三岁。

而此时，卫子夫的二姐卫少儿，早已与同在平阳侯府做事的小吏霍仲儒私通，生下了儿子霍去病，其时正好一岁有余。侯府的小吏与家奴私通，大罪，霍仲儒敢做不敢为，不承认霍去病是自己的儿子，不久离开侯府重新娶妻生子。霍去病便成了有母无父的私生子，连同他的母亲一起备受冷眼，为人不齿。

在出身决定命运的大汉王朝，霍去病从一落地就注定仍然是一个平庸的家奴角色。然而，他却几乎与卫家的辉煌同步，在他尚未懂事时，他就华丽转身，成为人人羡慕的贵族少年。

如果说，张骞是重启丝绸之路的一把钥匙，那么卫青便是推开那扇门的第一个英雄，而霍去病则是贯通丝绸之路的一把木楔。

毋庸置疑，自卫青开始，中国军人的内心世界发生了根本改变，尽管他们所秉持的忠义，仍然是以忠于皇权为基点的忠字当头，但除此之外，还多了一份胸怀天下，挂念苍生黎民的仁厚，他们的忠早已不是愚忠，他们更注重天下。

这与春秋战国之时的各国名将大有不同，伍子胥也罢，廉颇、白起、蒙恬、田忌也罢，纵使鬼谷子、孙膑等人也不曾有此气量，他们各为其主，倾尽才华，无非是为五斗米而已，他们只对君王和朝廷负责，只对自己负责。

而卫青、霍去病的这种胸襟一出现，中国武将在中国历史上的地位便渐渐尊贵起来，正如唐宋八大家之一的苏洵称道的那样："汉之卫、霍、赵充国，唐之李靖、李勣，贤将也。汉之韩信、黥布、彭越，唐之薛万彻、侯君集、盛彦师，才将也。"当然，还有为后人推崇备至的三国武圣关羽，唐之郭子仪、李晟，宋之岳飞、文天祥，明之戚继光等等，莫不流传千古，"意气峥嵘，功名熏灼。民到于今，叹其雄略"。（陈元靓语）

开创一代新风的卫青，与彪炳中国文学史的屈原几乎是异曲同工。屈原让真正的诗和文学回到人的精神内心，让文学成为拷问人性和思考生命的利刃，而卫青与霍去病却让武功不再是简单的杀伐，而是保护生命，追求正义的武器。因此，他们都从边缘走到了历史的中心，成为高贵和美好的象征。

征服并不是一个将军唯一的本质，而征服之后，让这个世界变得更加光明，才是衡量一个将军功绩的最高准则。卫青如此，霍去病亦如此。

命运给予霍去病的恩惠或许要比卫青更多一些。卫青打开一个缺口，霍去病便能纵深一步，二者并没有难易的区分。在丝绸之路的辉煌中，他们就像两个孤独的勇士，一点一点撕开了黑暗的帷帐，让后人望见了光明。

三

元朔六年（公元前123年），十七岁的霍去病被汉武帝任命为骠姚校尉，随卫青出击匈奴。

这并不是惊喜，年轻的将军从小在军中长大，受教于舅舅，再加之自己的聪慧，早已是闻名三军的军事奇才，就连卫青运兵，也时常和他探讨，他总能想出出人意料的点子来，甚至嘲笑舅舅，兵书看多了，并不一定能打好仗。

明代著名政治家、理学家、史学家、经济学家和文学家，海南四大才子之一的丘濬说："自古名将不用古兵法者三人，汉霍去病、唐张巡、宋岳飞而已，皆能立功当时，垂名后世。"

这并不是说霍去病恃才放旷，目中无古人，而是因为他自小研习兵法，早已对古人运兵之道悉数掌握，融会贯通，他认为"兵法譬则奕者之谱也，谱设为之法尔，用之以应变制胜则在乎人，兵法亦犹是焉"（丘濬语）。就像今人练习书法，最高境界不是临帖临得像，而是先入帖，再出帖，然后自成一家，那些不着意传统，不学古法的书法练习者，往往目空一切，大言不惭，纵使学书百年，终究不能得书法之要领，书写起来，自是飘浮无力，慌乱仓促。因此，霍去病之无法，实则是从法中而来，他人难得其神。

河南之战后，匈奴伊稚斜大单于气得血脉偾张数月，匈奴军队整日里嗷嗷大叫，狂躁不已，他再一次整饬军队，发响箭凝聚士气，不久便卷土重来，先后袭掠代郡、雁门等漠南之地。匈奴人举全国之力，来势汹汹，咬牙切齿要一雪前耻，大汉军队不得不再一次节节败退。就连卫青曾经夺回的河南之地，也被匈奴右贤王的骑兵踏破，数万匈奴袭扰朔方郡（今内蒙古杭锦旗北），烧杀抢掠，大汉百姓再一次陷于水深火热之中，苦不堪言。

元朔五年（公元前124年）的春天，为了巩固朔方，痛击匈奴，汉武帝发兵十余万，兵分两路出塞，漠南之战从此爆发。而当时的匈奴军队因为之前的大肆攻掠得逞，各自回营后，还沉浸在胜利的喜悦中，他们自大地认为，大汉不过如此，之前的失利也无非是他们一时掉以轻心而已，刘彻也不足为惧。

车骑将军卫青命令游击将军苏建、强弩将军李沮、骑将军公孙贺、轻车将军李蔡等六部一齐发兵朔方，自己率三万骑兵出高阙（今内蒙古狼山中部计兰山口）北上，直捣匈奴右贤王王庭；另一路大军由大行令李息、岸头侯张次公统领，出右北平，袭击匈奴左贤王，使得匈奴左右贤王两部首尾难顾，无力回应。

所以，匈奴一族的灭亡，并不是因为他们不够强大，而是缺少足够的野心支撑。虽然从表面上看，他们始终咄咄逼人，气冲牛斗，大有攻入长安之势，但从汉匈数十年的争战中，不难发现，他们在乎的是一时一地的胜利，在乎的是大汉的金银美酒和绸缎美女，在乎的是征服者的尊严，只要大汉求和纳贡，俯首称臣，他们便别无所求，他们的胸中装的只是利益，而不是天下。在这一点上，他们与千年之后的蒙古人相去甚远，从而说明，一个杰出的民族领袖是可以掌握一个民族命脉的关键人物：成吉思汗从一开始抗击金人，面对的就是整个天下版图，而金人，甚至大宋仅仅是他宏伟目标中的一两个小小障碍而已，所以，他不止步，不屈服。

而匈奴人心中的“小”才是他们失败的关键所在。

当卫青军团出塞数百里的时候，匈奴人还坐在他们的大帐里大口吃肉，大碗喝酒，满嘴说大话，他们的眼睛被大汉美女的胸脯迷住了，他们军人的魂魄被大汉的美酒麻醉了，他们根本无法相信，向来懦弱无能的汉军怎么可能长途奔袭到他们的营地，他们仍然活在他们自以为是的美梦里。

然而，卫青军团从天而降，他们在那个春天的夜晚，当月亮隐于树梢，露水刚刚升起的时候，悄悄包围了远在今蒙古国南戈壁省的匈奴右贤王王庭，醉眼蒙眬的右贤王在火光冲天中惊醒，还以为是哪个士兵喝醉引发了火灾，他有些生气，但这样的事，还用不着他操劳。他向女人的身子靠了靠，准备重新入睡，却被突然闯进大帐的汉兵吓了个半死。右贤王顾不得穿戴整齐，也顾不上女人衣衫凌乱，在卫兵的掩护下，领数百精骑仓皇突围逃走，遁入戈壁深处，捡了一条小命。

这一仗，卫青一部大胜，捣毁了匈奴王庭。而另一路的李息、张次公一部也击退了匈奴左贤王，迫其退回大漠深处。

而这一仗，也使得汉武帝的虚荣心膨胀到了极点。他不无骄傲地自以为是：大汉有卫青这一员虎将，匈奴亡矣。所以，他火急火燎地要对卫青封赏，在返回关内休整的卫青立足未稳之时，汉武帝便派人将旨意传到军中，拜其为大将军，并将他的三个还未学会走路的儿子封侯。卫青突然之间成为众将之首，统领三军。被胜利冲昏了头脑的刘彻树立卫青这样一个标杆，就是为了向世人宣示他的英明神武，他将全部的期望都押在了卫青身上，然而，他的期望太大，致使卫青这个羽翼尚未丰满的中年人一下子成了众矢之的，成了所有出生入死的将军们暗暗嫉妒的敌人，因而，在随后的汉军两出定襄战役中，尽管卫青重新编组军队，但还是两次战败。

漠南之战整体上算是失败了，刘彻也从此对卫青的倚重轻淡了，正是验证了得意忘形这个成语，但刘彻的怨怒却并不显山露水，他随后将目光投向了另一个少年英雄，此人便是霍去病。

霍去病横空出世后，卫青的神话便被蒙上了一层无形的薄纱，使得他在很多年里一直身处孤独和尴尬。

漠南之战是霍去病第一次对匈奴领兵作战，十七岁的年轻人意气风发，果敢勇猛。汉军第二次出定襄作战，卫青兵团受到伏击，但霍去病率领八百骑兵，避开匈奴主力，深入大漠百余里，找到了未有防备的单于亲属，将其为籍若侯的堂爷爷产斩杀，俘虏了单于的叔父罗姑比，同时俘虏了包括相国、当户在内的官员两千余人。

霍去病一战成名，被封冠军侯。

霍去病具备了“官二代”和“富二代”的所有优点和缺点，并将它们放大，形成两个极端。作为将军的霍去病极为单纯，他是为战争而生，他的生命里只有兵法而没有政治，几乎是甫一降生，他就钻进了军营，从此不闻江湖事。他显得有点可爱，又有点幼稚。这与曾为奴隶的卫青大不相同，卫青的飞黄腾达完全是因着姐姐的裙带关系，因而他内心深处终归还是有自卑和羞耻的因子作祟，甚至在他越来越高贵的生命进程中，这种自卑和羞耻也越来越强烈，无法摆脱。他每走一步，都十分用力，他始终都需要用能力向世人证明自己，因而，他隐忍，内敛，谨慎，却也比常人更加努力，而这些恰好造就了卫青的敦厚仁慈，使得他在那个征战杀伐的时代，既能独善其身，又能兼济天下。所以，卫青是广阔的，也是驳杂的。

而霍去病则完全是刘彻和卫青两人雕刻的璞玉，没有杂质，他的征战几乎没有功利性，他沉浸在开疆拓土的兴奋中。在大兵压境之时，他其实心中没有君王，也没有人民，就像玩一个人的游戏，他是为自己服务的，当然，也正是这种纯粹，反而使他对外呈现出了一种胸怀天下的大度和令人欣赏的坚韧人格，就像他的用兵一样，于无法中有法，于无物中有物。当然，他的缺陷也是显而易见的，身为皇亲国戚的贵族少年，一点儿也不比当今那些权贵的儿子们谦逊，他甚至戾气更重，更加目中无人。

霍去病是个处处叫嚣有后台的人，他动不动就说自己的舅舅是大将军，有个姨妈是皇后，姨夫是皇上，他还说，他的姨夫对他从小宠爱有加，要啥给啥。天真无邪的将军这样说的时候，他其实是把自己看成了一个普通人家的小孩，一个充满幸福感的大汉子民，然而，说者无意，听者有心，在朝廷大臣眼里，他成了一人之下万人之上的小霸主，大家得罪不起，而正是这样的低眉垂眼和恭维，才催生了他的大胆和骄横。

最严重的罪行发生在元狩四年（公元前119年），霍去病为了替舅舅打抱不平而射杀了李广的儿子李敢，其时李敢被封为关内侯刚满一年，细想就有些令人惊怵，一个年纪轻轻的正部级干部，一出手就随便杀死了另一个比他大不了几岁的正部级干部，而重要的是，汉武帝因为偏袒霍去病，并没有治他的罪，而是将他送到外地锻炼避祸。

历史在这里和刘彻开了一个不大不小的玩笑，他为了保全霍去病而破坏了大汉律法，但上天却让霍去病死于避祸途中的瘟疫里，是为惩罚，还是他命该如此，也许只有上帝知道。

四

漠南之战的失败是刘彻对卫青期望值的一次减分，而这场战役的战略意义却无比重要。单是首次出击，就迫使匈奴伊稚斜单于主力远徙漠北。伊稚斜清楚地知道，他绝不是卫青的对手，他要保存实力，留住青山。对于熟知匈奴人脾性的卫青而言，他也一眼能够看透伊稚斜内心的惊惧和力不从心，他也深知穷寇莫追的道理，所以才在大胜后撤回关内休整。卫青的意图也很明显，他是用休整的方式告知武帝，该停下来了，匈奴人不是三拳两脚就能消灭掉的，不然，咱们也不用上百年受人家欺负。

卫青的心思武帝当然明白，两个人既是君臣又是兄弟，为了对付匈奴，他们一起熬了十几年，对方一个眼神，彼此便能心领神会，说不懂那是假的。但刘彻熬不住了，他有些着急，他已在愤怒、孤绝中困得太久，他渴望一锤定音，置匈奴于死地，斩草除根，让他们永不超生。所以，他急于封赏，他要以最大的恩德逼卫青知难而进。

后来的失败是注定的。

刘彻真的不甘心，他有些恼怒，如果没有霍去病的出现，卫青将不可避免地要被推上政治的风口浪尖，刘彻把后来的失败看成了卫青不尽心尽力、不可信，这样的杂念对一个多疑的人来说，简直就是一把利剑，随时都有出手的危险。好在，霍去病出现了，他给了刘彻希望，也分解了卫青一人独大的局面。刘彻一下子就释然了，他以一个政治家的宽容给了卫青一个台阶，他说，你先休息一下，让小霍玩玩吧。

未央宫中，壮年的刘彻身强体健，精力充沛，他端坐在高大的皇位上，像一个知晓生前身后事的如来，他的国家也像他一样，健壮得像一头公牛，他不再惧怕，不再担忧，太阳从门外照进来，群臣肃穆，他的幸福感便莫名地滋长了数倍。

那就玩玩又当如何，让一个十九岁的少年历练一下，如果真是将才，他就能提前松开那根紧绷了二十几年的神经，如果败了，那也能输得起，不是还有卫青备用吗。这一个戏剧性的决定，将霍去病从幕后推到了台前。

元狩二年（公元前121年），二月春风轻拂杨柳，渭河解冻，繁华的长安城一派欢欣。

冠军侯霍去病整装待发，英姿飒爽，他端坐于马上，与城墙上的汉武帝遥遥作别。人们只看到了威严的军阵，却忽略了刘彻锐利而又饱含深情的目光，他仿佛看到了年轻的自己，在他大手一挥的刹那，翱翔出去，为他分忧。刘彻不由得暗自长叹一声，有些感慨，也有些欣喜。

这其实是一场没有目标、没有任务的战役。后人大多认定汉武帝是为了彻底摧毁匈奴，夺取丝绸之路的开发权而专意筹谋的一次具有战略意义的攻伐，这无疑是马后炮式的历史倒推，史家们从霍去病所取得的辉煌战绩中演绎了河西之战的历史意义，然而，对当时的汉武帝而言，他对霍去病其实毫无把握。

冲锋吧，少年。霍去病率领百余骑兵从长安出发，翻越关山，于陇西集合精壮骑兵数万人马，以迅雷不及掩耳之势直扑河西。霍去病用兵，讲究一个“快”字，总是在敌人的睡梦中，便突降眼前，令之措手不及。

汉军西征的消息在他们刚出陇西的时候，就传到匈奴左贤王、浑邪王、休屠王的大帐里，匈奴各部王侯还沉浸在漠南之战带来的悲痛和愤怒中，他们才刚刚与退到大漠深处的伊稚斜大单于取得联系，也没有任何心思向大汉报仇，伊稚斜为了保存实力，不敢轻易再出大漠，因而河西一带的匈奴各部，就像一盘散沙，谁也不服谁，再加之河西的广袤和空旷，在交通和信息极不通畅的彼时，各部衔接又有困难，即使骑马开会，也要三五日才能往返。

当时的河西匈奴，休屠王部距离汉朝边境最近，地盘以武威为中心，占据着从兰州以西到焉支山以东的大片土地，浑邪王部则主要在张掖、酒泉一带，而右贤王部则在河西之北，三方形成鼎立之势，可相互照应。在匈奴人的印象中，汉军即使再有能耐，也不敢大部队纵深推进，几十年了，还没有哪一个汉军将领有如此胆量，他们熟悉自己的地盘，也对自己的力量满怀信心，一旦进入茫茫戈壁，汉军则必然是困兽之斗，不足为惧。他们首先在心理上松懈了，他们觉得时间尚且宽裕，只要在险要处修筑防御工事，稍加防范，汉军便会知难而退。

但令休屠王没料到的是，在他们还没来得及修筑工事之时，霍去病便到了。他根本不能相信，这个年轻的娃娃仅仅用了六天时间，便从陇西，过兰州、永登，翻越乌鞘岭，杀到他们家里了，他的五个小部落，被他们不费吹灰之力便消灭了，该杀的杀了，该降的降了。休屠王不敢迎战，仓皇逃进了焉支山深处，与浑邪王部会合。但更大的震惊还在后面，霍去病并不是一个按照常理出牌的将军，他运兵的奇妙之处还在于反常理，明知不可为而为之，他没有想当然地在武威办酒会庆祝，而是舍弃了大量的给养物资，轻装上阵，继续西进一千余里，追上了休屠王和浑邪王两部主力，拉开了一场大战。

这一仗直杀得天昏地暗，血流成河。这是中国历史上一场典型的以少胜多的战役，然而因为主角太过耀眼，他的光芒遮蔽了战斗本身的残酷。

在那场厮杀中，太阳照耀着霍去病，他站在舞台上，气吞山河，一个人唱了一出大戏，万众瞩目，这使得那场战役在国人后来的想象中变得轻而易举——霍去病成了一个神话——他自己所标示的历史意义远比这场战役的历史意义更为响亮。自此，霍去病成了后世中国军人不断模仿的对象，却鲜有超越。

对霍去病最为尊崇和模仿最严重的人便是二十二年后的名将李陵，也就是李广之孙，他初出江湖的时候，大概也如霍去病一样年轻，也如霍去病一样勇猛，同样深得刘彻的欢喜和信任，他似乎忘记了霍去病就是杀了他叔叔李敢的凶手，他恍惚地将自己和霍去病等同起来，也让刘彻误以为他就是霍去病转世，他喜欢霍去病的一切，喜欢在战场上以快取胜，但他时运不济，也缺乏对战局的敏感和准确判断。天汉二年

（公元前99年），李陵率五千步兵贸然急进，纵深匈奴腹地数千里，与八万匈奴在浚稽山大战，最后落得个兵败投降的下场，一世英名毁于一旦，导致刘彻诛其九族，就连史学家司马迁也因对他的投敌辩解而遭受腐刑。李陵用他的不幸，造就了霍去病无法超越的魔障，反而使得霍去病在后世的民间想象中越发高大。

浑邪王和休屠王也是不幸的，霍去病出现后，他们的噩梦才刚刚开始，他们一定是悔恨当初不该如此轻敌，不该相互排斥，然而，一切都已经来不及了。

霍去病的铁骑横扫一切。他遇王杀王，遇官抓官，就连休屠王的祭天金人也被他缴获。第一次河西之战，霍去病几乎贯穿整个河西走廊，令匈奴人闻风丧胆。

捷报一个接一个地传到未央宫，刘彻大喜，这是他没有料到的结局，他高兴得像孩子一样哇哇大叫，他赤足在后宫狂奔，他抱起卫子夫在地上打转……他不知道该怎样表达自己的兴奋。

事实上，霍去病的每一次推进，都在刘彻的极度关注之下，身处宫中的君王甚至比霍去病本人更紧张，霍去病就是他的影子，是另一个他，他不能让自己有任何差错。他给他最奢侈的后备给养，他要让他在远路上吃好，喝好，睡好，打好仗。但霍去病并不在意这些，他完全没有察觉到汉武帝对他生活上的注重和照料，作为一个贵族王子，他的吃穿用度向来都是最好的，他从来都不为此担忧，他的心思全在打仗上，他其实连饿肚子也无所谓。睡到半夜就要行军，吃到一半就要打仗，这都是常有的事，所以，后人对霍去病在生活方面提出的奢靡质疑，诸如他自己肉吃不完，宁可扔了也不会赐给挨饿的士兵，这显然是一厢情愿的假想——霍去病倘若真的如此对待士兵，他怎么可能做到无坚不摧，真正的战场是一个团队的战场，而不是他霍去病一人的战场，如果没有万众一心，岂能有他扬名万世的辉煌。从这一点上，也不难看出，霍去病定然是一个爱岗敬业、爱兵如子的将军。他只是情商有点低而已。

毋庸置疑，霍去病军团有一个庞大的给养队伍为其服务，他们随着部队的深入而跟进，按照武帝的旨意来行奖赏。浑邪王和休屠王的主力残余溃逃之后，霍去病在酒泉休整，而皇上的奖赏便随之而来了，这次奖赏肯定是按照事先的计划稳步进行，该有的都有，酒自然少不了，年轻的将军还沉浸在杀伐的快意中，他实在需要一碗酒来见证这一历史时刻，而战斗结束了，士兵们饿了渴了，在戈壁上战斗，水是最紧缺的，但有人找到了一眼泉，士兵们争相取用，场面一下子显得有趣了：将军想喝酒，但士兵想喝水。霍去病的单纯品质这时候就显得可爱极了——也只有他，才能在大战之后将自己回归到孩子般的本性中来，一个人的庆祝太孤独，太乏味，所以，霍去病毫不犹豫地将御酒倒入泉中，与士兵同饮，霍去病的酒和大漠戈壁上的泉完美地结合了起来，汉武帝龙颜大悦，为霍去病的童心和壮举而感慨赞叹，他说，就把这地儿叫“酒泉”吧。

第一次河西之战完美收官，霍去病的个人才华展露无遗。这一年秋天，汉武帝为了社稷大局紧接着谋划了第二次河西之战。

这一次战役，和书上说的一样，是有计划、有统筹地全面对匈奴作战。汉军兵分两路，卫青率领张骞、李广向北牵制匈奴左贤王主力；霍去病与公孙敖分领数万骑兵分别由北地、陇西出塞，再入河西。张骞因中途迷路，致使李广被围，差点全军覆亡，而和霍去病同时出发的公孙敖也中途迷路，霍去病只得孤军深入敌境两千余里，张骞和公孙敖战后被贬为庶民。霍去病采用迂回战术，从背后包抄浑邪王、休屠王军队，汉军大胜。随后，匈奴浑邪王和休屠王两部降汉，因休屠王临阵倒戈，浑邪王杀之，而人心不稳，霍去病率十余人深入浑邪王大营，稳定了局面，匈奴自此被彻底赶出了河西地带。

为了有效控制河西，掌握通往西域的主动权，武帝先后在河西设置了武威、酒泉、张掖、敦煌四郡，并从内地迁移大量人口到这里戍边、生产，河西自此逐渐繁荣起来。

元狩四年（公元前119年）春，汉武帝派遣张骞第二次出使西域，同时命霍去病、卫青再击匈奴，霍去病出兵代郡，深入漠北，致使“匈奴远遁，漠南无王庭”。

“失我祁连山，使我六畜不蕃息；失我焉支山，使我嫁妇无颜色。”匈奴人用歌声来表达他们被逼无奈的苦楚，大汉子民也同样用歌声来颂扬卫青和霍去病的丰功伟绩，自此，两大司马同掌大汉军政，为后世敬仰。

李陵别苏武歌

一

那是公元前最后一个世纪90年代的北海，漫天的风雪席卷着大地，枯黄的草原一点一点变白，天地慢慢融为一体，饥饿的羊群站成一个方阵，肃穆地望着那个手持旄节的主人。

年近五十的牧羊人像一个统率三军的将军，他站在羊群前，吆喝一声，右手将旄节在空中左右挥了三下，然后用力铿锵地指向南方，羊群们随着旄节一齐伸长脖子，将目光集中到旄节的顶端。那些没有排好队的羊也及时调整了站姿。牧羊人再吆喝一声，左手指向地面，羊们便齐刷刷卧倒在地，保持着同一个引颈高歌的姿势看着旄节。然后，牧羊人便将旄节插在不远处一块大石头的裂缝里。他仰头看了看随风激荡的旄节，两行清泪便滑过了脸颊，良久，他才回过神来，抹了抹头上的积雪，抖了抖褴褛的衣衫，整了整衣袖和领口，扑通一声跪在了地上，高喊一声："陛下，罪臣万死。"羊们听到这一声召唤，也一齐发出了低声的哀鸣。牧羊人声泪俱下向着南方三拜九叩……

这是他和他的羊群们坚持了将近十年的礼仪，虽"廪食不至，掘野鼠去草实而食之"，却始终风雨无阻。羊们尚且记得，此前的三年多里，它们的日子还算丰盈。有一天，且鞮侯单于的弟弟於靬王到这儿来打猎，他对着天上的两只大雁开弓，却不小心箭头走偏。牧羊人说，不是您的箭法不中，而是弓弩不适。于是，他便用羊毛结成丝绳系在箭尾上，并给王爷矫正了弓弩。王爷一试，果然好用，大喜之下便赐给牧羊人马匹、羊群、圆顶的毡帐篷和生活用品，并和他结为知己。那时候，牧羊人才知道，拘留他的且鞮侯单于刚刚死去，他的儿子狐鹿姑单于对他毫无兴趣。他从此便对回归汉朝的希望多了一重。可惜的是，不久王爷病死，他的部落迁移到了别的地方，便再也没人照顾他了，更可气的是，刚刚入冬，丁令部落的人竟然将他的牛羊盗去了大半，牧羊人的日子就过得越发悲惨了。

大约将近十年后，英明神武的汉武帝刘彻以七十岁高龄在五柞宫驾崩，他八岁的儿子刘弗陵继承大统，为西汉第八位皇帝汉昭帝。年轻的皇帝在霍光、金日磾、桑弘羊等一干重臣的辅佐下，与匈奴和好，牧羊人才得以解救。

伟大的史学家司马迁并没有记下牧羊人的悲惨身世。牧羊人的故事只好通过他自己现身说法传遍了大汉朝野。于是，人们只知道这个名叫苏武的牧羊人，在他四十岁那年的天汉元年（公元前100年）奉命以中郎将的身份持节出使匈奴，被扣留于北海整整十九年，受尽了人间折磨，他成了张骞之后又一个持节不屈的大汉使者，受万众敬仰。

事实上，不管是他的羊群被丁令部落的人偷走的此时，还是他在狐鹿姑单于治下的往后将近十年，苏武的日子都过得要比他刚被拘留到北海的时候好了很多，所以在他回归大汉之后，忆苦思甜的日子里，苏武提得最多的便是开头难熬的那几年：

“他们把我押解到了北海，给我十几只公羊，说，等哪一天公羊下了羊羔便送我回家。”苏武每每说到此处，便会摸着花白的胡须沉默良久，然后，不出意外地就能听到聆听者一齐发出的唏嘘之声，这像极了他那些年调顺的羊们。苏武望着一堆肥头大耳的同僚，看着从他们眼睛里发出的惊叹之光，他便很快能将自己的思绪深陷于那无边的风雪之中——他的记忆中除了漫天的风雪，再也找不到一片草原盛夏的明亮。那可怕的冬天像一头巨大的怪兽随时都会将他吞噬。

“是那大汉的旄节给了我活下去的勇气。”这一句话他说得十分平静。的确，那些年里那根放羊的鞭子就是他唯一的希望。有时候，苏武也会恍惚一阵，他立刻就能想到最后的将近十年的光阴里，除了那断断续续的旄节，还有一个人给予了他一切可能的帮助，但此时此刻他不能说出他的名字。那两个字就像一道咒符将他后来的将近十年的光阴封闭了起来，令他在讲述艰辛的时候必须要将那一段不算太过煎熬的日子剪去。当然，也有人发出过质疑，但苏武会说：“在去北海之前，他们把我囚禁在地洞里，断绝一切供应，我是吃着毡毛，嚼着从地洞入口的缝隙里飘下的雪花活下来的。”苏武用这种倒叙的方式避开了人们的疑问。聆听者往往会在这一句之后，惊呼：“天神助也！”

“没错，匈奴人以为是昆仑神在暗中帮我，所以才放弃了要杀死我的愚蠢想法。”苏武讲到这里，仍旧会像刚开始讲述的那样，平静地望着或惊讶出神，或泪流满面的同僚们，但那个众人眼中的叛徒的容貌还是会如影随形地挤进他的脑海，令他苦不堪言。

直到一百多年后，东汉刘秀复国，史学家班固才把牧羊人苏武的故事写了下来，收进了他历时二十多年编修而成的

《汉书》中。那个背叛了大汉，降了匈奴的汉朝将军的名字才堂堂正正地和苏武的故事并在了一起，人们才知道一个叫李陵的将军数次到北海劝降苏武，而苏武不为所动，他便喟然叹曰："嗟乎，义士！陵与卫律之罪上通于天。"啊呀，你苏武才是真正的大汉忠义之臣，我李陵与卫律既然做了匈奴的大王，我们的罪孽真是大过了天。"因泣下沾衿，与武决去。"班固说，李陵被苏武的气节折服，于是直哭得泪水浸湿了衣襟，才告别苏武而去。

读《苏武传》，每到此处，便掩卷长叹，心里五味杂陈，不由得会想到，如果是司马迁来写苏武和李陵的故事，又会是怎样的一番风景？

张骞从西域返回的时候，太史公还是寸功未立、年方二十的翩翩少年。张骞出使西域的见闻和经历引得满朝震惊，人们不但同情他十三年来的坎坷遭遇，更被他滔滔不绝讲述的奇谲瑰丽的西域人情风光而深深折服。太史公谦虚地向张骞求教并作了详细的笔记，然而在二十多年后他开始动手写《史记》的时候，重新翻阅当年的笔记，为了使史料真实可信，他通过翻阅大量的资料来相互印证，从而对张骞当年的言辞在某些地方有了疑虑。所以，他以为张骞对历史的贡献重点在于他将陌生的西域世界呈现给了中原——他把张骞定义为一个打开西域窗口的探险家和外交家，而不是持汉节出使西域的大汉功臣。太史公的史学格局无疑是开阔而博大的，他将张骞放置在历史的洪流中进行翻检，因此才写出了以张骞的见闻和经历为中心的《大宛列传》，而并非《张骞传》。这是耐人寻味的一个结果，后人自能看出，在太史公心中，张骞与那些历史“名流”比起来，还不够格。“今自张骞使大夏之后也，穷河源，恶睹《本纪》所谓昆仑者乎？余不敢言之也。”他最终在自己的质疑中将张骞放低了一个层次。

认真来论，自张骞之后，其余出使匈奴的汉臣都不会有张骞对大汉朝、对中原文明的贡献大。相比之下，苏武除了个人遭遇的非人境况之外，并没有超越张骞的地方。班固写《苏武传》在气势和格局上就比太史公低了不止一个级别，而班固对苏武的书写主观臆断的成分太多，他甚至不吝笔墨，大篇幅叙述了一个彰显苏武忠义勇敢的虚构故事，他以小说家的一家之言曲解李陵来反衬苏武的高大形象，这不但脱离了史学写作的轨道，还诱导了后世人们对李陵，甚至李广一脉的诋毁和唾弃。所以，很多时候，我是把《汉书》当做小说来读，而不是史学著作。

二

李广一生与匈奴作战七十余次，战功卓著，却难封侯，这成为大汉王朝的官僚们耻笑李广的主要因素之一，而李广自己也因此终身郁郁，至六十余岁拔剑自刎以谢天下，然则司马迁还是为其亲树一传，名曰《李将军列传》，这自然是李广生前没有想到的人生最高待遇。

太史公曰："余睹李将军悛悛如鄙人，口不能道辞。及死之日，天下知与不知，皆为尽哀。彼其忠实心诚信于士大夫也！谚曰'桃李不言，下自成蹊'。此言虽小，可以喻大也。"以我司马迁看来，李将军就是个老实厚道的粗人，不会说话，不懂察言观色，但在他死的那天，天下不管是认识他的还是不认识他的人，都极其悲痛。他那忠义善良的作风深得士大夫们的崇敬！谚语说："桃树李树不会讲话，树下却自然地被人踩出一条小路。"这话虽然说的是小事，但可以用来比喻大道理呀。

因着对李广人格的欣赏和赞誉，司马迁在见识了年少成名的李广之孙李陵的果敢英武之后，便自然爱屋及乌，他觉得李陵继承了李广忠义之士的将门风范。自李陵一入仕，司马迁就看出了他是"其身正，不令而行"的难得将才。于是，在《李将军列传》中，他客观冷静地对李陵的事迹加以阐述："单于既得陵，素闻其家声，及战又壮，乃以其女妻陵而贵之。汉闻，族陵母妻子。自是之后，李氏名败，而陇西之士居门下者皆用为耻焉。"

且鞮侯单于在接纳了李陵之后，因为早就听说过李陵家族威武的名声，再加之李陵又是一员虎将，于是就把自己的女儿嫁给了李陵，给了他在匈奴的最高地位。这一段话虽然陈述的是李陵投降匈奴的事实，而司马迁却说“素闻其家声”，无疑是司马迁对且鞮侯单于的一种个人揣测，而这种理解自然是建立在对现实反观的基础上，并非空穴来风，由此也可以看出，司马迁本人对李广一脉也是持有同样的认可态度。

但遗憾的是，司马迁的态度不能代表汉武帝。汉武帝刘彻在他勇武而多疑的一生中，对李广的态度是既重用又排斥：他不得不借用李广在匈奴军中的威望来对抗敌人，却又因着李广曾经被俘放归而对他生疑虑，皇帝在这样的两难中左右摇摆，从而导致李广的一生最终以悲剧的形式落幕。

事实上，李广自杀与卫青对他的故意刁难不无关系。皇帝到底有没有把自己对李广的疑虑私下里告诉卫青，我们不得而知，但可以肯定的是，卫青在对李广的态度上，与皇帝如出一辙。这也就难怪李广的第三子李敢在被封为关内侯之后对卫青多次顶撞，而位高权重的大将军霍去病竟然因为这点小事就设计谋杀了李敢，令人难以想象的是，皇帝为了护全霍去病，竟然告知天下，李敢是在打猎的途中被猛鹿击毙。至李敢死时，李广的另外两个儿子早已少年殉命，李广一脉仅存的便只有李广的大儿子李当户的遗腹子李陵了。

皇帝的偏执所造成的悲剧，李广躲不过，他的儿子李敢躲不过，他的孙子李陵仍然躲不过。这悲哀世代相传，李广及其子孙对皇帝的忠义便只能是一厢情愿的哀鸣。纵然是李陵诈降匈奴，而皇帝不信，这种疑虑从他的祖父身上早就根深蒂固了。因而，皇帝不管降敌的真假，就迅速地诛杀了李陵全家。

班固在《李广苏建传》中对李陵投降后的事添加了一个片段，说李陵投降匈奴一年多后，刘彻派遣因杅将军公孙敖领一支小分队深入匈奴内部迎接李陵，而公孙敖回来报告说他们抓了几个俘虏，俘虏说李陵已经在匈奴为单于练兵效命了，所以无功而返。班固对这一桥段在《苏武传》中借李陵劝降苏武的时候做了一次解释说明，李陵说，练兵的是早就投降匈奴的李绪而不是他本人，是弄错了。这个故事相互印证，反而有了画蛇添足的嫌疑。或许，刘彻真的派公孙敖去了，或许公孙敖回来确实这样告知了刘彻，但这是不是刘彻为了掩人耳目而故意为之的一个假象呢？而“捕得生口，言李陵教单于为兵以备汉军，故臣无所得”这句话本身就毫无史料支撑，一百多年后的班固又怎么得知？或许，这也是作为小说家的班固又一次自圆其说的虚构罢了。

作为在场者的司马迁对李陵降敌后的书写反而是冷静果

断的，他在细致描写了李陵“善射，爱士卒”“拜为骑都尉”的出仕经历和“遂降匈奴”“其兵尽没”的悲惨遭遇后，毫无过渡地直接得出结论：“汉闻，族陵母妻子。自是之后，李氏名败，而陇西之士居门下者皆用为耻焉。”这仿佛就是要告诉世人——皇帝刘彻在听到李陵投降的消息后，毫不犹豫地“族陵母妻子”。他又悲哀地叹息说，从此之后，李氏的名声败裂，他们祖籍陇西一带的族人都以李陵为耻。按照常理，这句话应该是司马迁的“太史公曰”，而他却放在了正史的叙述中，以示因着皇帝的决绝无情而天下人都受了蒙蔽的悲哀。

司马迁这样写李陵，同时也为维护李陵或者说维护陇西李氏的名声而做着冒天下之大不韪的抗议。

天汉二年（公元前99年）的秋天，也就是苏武出使匈奴的第二年，汉武帝派他的大舅哥贰师将军李广利领三万骑兵出酒泉，在祁连山攻击匈奴右贤王，派因杅将军公孙敖与强弩都尉路博德在涿邪山会合打阻击战。

汉武帝得卫子夫而识卫青，宠李夫人而偏爱李广利。卫青和李广利这两个借着女人的胸脯站起来的将军，却在本领上千差万别。李广利没有卫青的文治武功，自然没有在历史上留下了不起的英名。

汉武帝清楚，仅以李广利与匈奴作战，胜算极小。于是，便又令崭露头角的年轻将军李陵领步兵五千，从两军中间深入到居延海以北大约一千里的地方吸引敌兵的注意力，从而帮助正面进攻的李广利争取机会。也就是说，刘彻为了保护李广利而把年轻的将军像鱼饵一样扔到了敌人的大后方。

读《李将军列传》到此处，不免就会让人心惊肉跳——那么远的地方，为什么是步兵而不是骑兵？这一支队伍抛出去到底有没有恰当的保护措施？或许，在皇帝看来，李广利正面出击，公孙敖做侧应，李陵只不过是分散敌兵的幌子而已，他甚至觉得李陵还不足以担当大任，此一役就算是一番强化训练而已。他在把李陵这只风筝甩出去的时候，连手中的线也一同放飞了。皇帝想当然地认为，这是一次毫无危险的出征。当真是一个敢想，一个也敢做。意气风发的李陵欣然领命，而要命的是，在他们回兵的时候，便被匈奴单于八万主力大军层层包围，李陵奋勇杀敌八天八夜，既无粮草，又无后备部队增援，李陵就那样被敌人活捉了。这时候，我们难免质疑：汉武帝这是要故意杀死李陵吗？

消息传到未央宫的时候，刘彻震怒了。无能之辈，无耻之徒，他在大殿上咆哮着对李陵下了这样的定义。大败而回的李广利并没有受到责罚，无功而返的因杅将军公孙敖的过失反而因着李陵的叛国被暴躁的皇帝忽略了。朝野上下都万众一心地坚持认为这场战争就是因为李陵的无耻行径而使大汉蒙受了屈辱，其罪当诛。一个鱼饵这时候背上了战争失利的大锅，成了人人口诛笔伐的败类。

太史令司马迁在众声谩骂中站了出来，他义正词严地对皇帝说：“陵事亲孝，与士信，常奋不顾身以殉国家之急。其素所畜（蓄）积也，有国士之风……身虽陷败，然其所摧败亦足暴于天下。彼之不死，宜欲得当以报汉也。”

司马迁说，像李陵这样孝顺，有信义的人，常常能不顾个人安危而救国家之急，他才是真正具有国士风范的良将……他虽然兵败被擒，但仍然战功赫赫，他之所以不自死，一定是想来日将功折罪以报效朝廷。

但司马迁这样言之凿凿的辩解，并没有扭转皇帝要诛灭李陵全家的决意，于是，他以诬罔罪名把司马迁下狱。司马迁在《报任少卿书》中对自己因言获罪所受的折辱有过详细的讲述，读来总是令人悲叹落泪，但他却因此而在忍辱负重中完成了煌煌52万余字的《史记》巨著。太史公因对李陵正名而惨遭凌辱，而李陵恰好就像一道引子催生了《史记》的现世。而可悲的是，为李陵正名一事，在整个大汉时代，司马迁竟然是空前绝后的唯一正义者。其后班固续写汉史，虽然“服其状况序事理，辩而不华，质而不俚，其文直、其事核，不虚美、不隐恶”，但终归在大义上输了一筹，他的《李广苏建传》按照今天文学创作的定义，便可认定是对司马迁《李将军列传》的抄袭与讹传。可见，皇权之下，文人亦是如此可悲。

三

公元前100年，大汉王朝正处在国家最为强盛的顶峰。

霸业大成的汉武帝刘彻在大将军卫青死后（公元前106年）突然就将紧绷了四十余年的那根神经一点一点地放松了下来。第二年，这位创立了年号制的帝王在他的第六个年号元封年结束的时候，便意识到时间过得真慢啊。

谁说不是呢，每当他看到卫子夫逐渐衰老的容颜，就时常想起那些一茬一茬离他远去的年轻的将军，他知道，他的每一寸江山都渗入了大汉将士们的热血，有时候，他盯着从滴漏中不紧不慢滴下的水滴，看着看着就觉得那水也慢慢变成了血红色——他总会深陷于那像血一样的滴水中，耳边响起金戈铁马与喊杀震天的撞击声。后来，他发现，的确是时间过得太慢，在他慢慢进入老年的时候，他突然惧怕这种死寂般的慢。他再也不能容忍六年一个年号这种陋习。于是，当太初年经过了漫长的四年之后，他就迫不及待地将年号改成了天汉。从公元前100年开始，到公元前87年他死去，汉武帝刘彻一共用了天汉、太始、征和、后元四个年号，遗憾的是，后元这个年号他只用了两年。

仅仅从刘彻对时间的焦虑中，我们就可以看出这个曾经雄才大略的皇帝晚年是怎样的慌乱和唐突。他害怕回忆过去，却又如此强烈地恐惧死亡。当然，他也不会想到，一百年后，耶稣降临的时候——西汉第十四位皇帝汉平帝刘衎即位，十四岁就死于非命，而在他任期的六年时间里，只用了元始这样一个年号。而人们只记得公元元年，却不知道那正是刘衎继位第二年的元始元年。

元始元年是希望之年，就像苏武在天汉元年看到的那样，一切都是新的。但他们都不会料到，这希望竟然会是如此短命，匆匆开始，就又匆匆结束了。一个十四岁的孩子正要睁眼以成人的眼光看待这个世界的时候，他的生命就戛然而止了，而一个四十岁的郎官，在他刚刚身负重任，踏上建功立业第一步的时候，等待他的却是十九年的苦寒囚禁生涯。一切来得都是那么突然。

必须要承认，这时候的汉匈争霸其实完全在汉朝的掌控之下。自卫青、霍去病对匈奴的连番打击以来，匈奴人被彻底赶出了漠南，余部四处逃窜，河西走廊尽归汉室，但匈奴毕竟以游牧为生，是游走着的战斗军团，他们的游击战常常打得神出鬼没。在霍去病和卫青先后死去以后，匈奴余部不断向汉朝反扑，而这时候大汉朝廷后继无人，没有可以与匈奴持续作战的得力将领，汉武帝也认识到匈奴终究不能全歼，于是便以胜利者的姿态主张议和，而匈奴人经过几番内部重整，又不愿向汉朝纳贡，他们同时也意识到了汉朝没有能与他们匹配的优秀将领，但他们又无力冲破汉朝经过几十年建筑的边防堡垒。双方就这样僵持着，互不退让。这件事对晚年的汉武帝来说根本不屑一顾，他自认汉朝的江山已经牢不可破，但对方开始叫阵，总得应和一声，于是，汉匈两家就在不断派遣使者谈判的拉锯战中啮咬着，有一天高兴了就休战两年，不高兴了就扣留对方的来使，日子就在这样喧闹的谈判中一天一天地被消磨掉，大家反而玩得都挺开心。苏武就是在这种情况下出使匈奴，连皇帝自己也没意识到，这一去反而又成就了一位毫无预设的英雄。

公元前的时间在日历的数字上倒着流淌，苏武对于他在匈奴十九年的光阴也是倒着向他的同僚们慢慢讲述的：“不怕神一样的对手，就怕猪一样的队友。”这时候，这个曾经在汉昭帝时代主管少数民族外交的典属国官员，已经因为参与了拥立汉宣帝的大事而被赐为关内侯。白发苍苍的侯爷此时一改昔日牧羊人的哀怨之色，言辞中多了几分愤恨：“要不是副使张胜与汉贼虞常私下串通，要杀了卫律叛乱匈奴，连带了我们整个使团，我等九人岂会有此等悲惨下场。”当众人纷纷咒骂张胜之时，苏武又说：“你们可曾知道，当有人告诉我，大汉已经在征和三年的时候，我还以为是太始四年……”

有人问："谁告诉你的？"

苏武不由得心里一震，接着说："那天，当我得知先帝驾崩的消息时，我面向南方哭得死去活来，就连我的那些羊，也跟着嚎叫了整整一天。"苏武说完便又泣不成声。

"谁说的？"又有人问。他的同僚们在听了那么多次故事之后，终于想知道究竟是谁把大汉的消息告诉了苏武。这个疑问在他们每个人的心中深埋了太长时间，他们在陪着他惊叹、落泪、骂人的时候，一次又一次地猜测，但仍旧没有答案。

这一次，侯爷苏武依然没有告诉他们那个人是谁，他依然在长久的悲痛中无法自拔，但众人的质问还是将他拉回到了硬生生的现实。是啊，那个被他刻意隐去的名字搅扰了他整整二十年，虽然十四年前，李陵早已魂尽匈奴，可现在，他一闭眼，就会想起那年在北海的冰天雪地里，比他小六岁的李陵在远远望见他的那一刻，四十多岁的人竟像个小孩子一样向他狂奔而来……他此后的人生便因为有了李陵的存在而增加了许多活着的勇气，是李陵在往后的十年中对他倍加照顾，他才活了下来，而不是什么大汉的旄节——那旄节只能当做讲故事的道具，而不能当做活下来的干粮。

携手上河梁，游子暮何之。

徘徊蹊路侧，悢悢不得辞。
行人难久留，各言长相思。
安知非日月，弦望自有时。
努力崇明德，皓首以为期。
——李陵《送苏武诗》之一

李陵不仅是我们惯常意识中的将才，他还极善诗文，在他写给苏武的三首长诗中，我们就能看见他对苏武的兄弟情，也足以佐证当年李陵对苏武的倍加照料。

多年来，关内侯苏武一遍又一遍地翻阅太史公的《史记》，那篇《李将军列传》被他抄写了一遍又一遍，反而真是班固所说的每每“因泣下沾衿”，他感慨太史公的正义，却又惭愧于自己的懦弱——他是最能为李陵正名的人，而他最终什么都没有做，就连那几首诗也被他雪藏了起来，从未示人。他翻遍了《史记》，没有找到书写牧羊人苏武的只言片语——尽管在他到匈奴的第十年，比他大五岁的太史公就已谢世，但他相信他对大汉的忠义定然能传到史家的耳中，不论是和张骞相比，还是与李陵相较，他自认为都能在史家的笔下提上只言半句，然而，什么都没有，多么悲哀啊！

苏武最终没有把他们苏李相会的真实场面告诉他的同僚们，而人们常见的“苏李泣别图”则是班固道听途说擅自加进去的一个虚构片段。当然，在苏武最后的人生里，李陵的故事已经毫无意义，而对于李陵来说，苏武也只不过是他见过的众多个持节不屈的汉臣中的一个而已，在他们诀别的一刻，苏武就像一颗流星从他的天宇划过，终是波澜不惊。所以，等苏武回归大汉之后，辅佐昭帝的大将军霍光、左将军上官桀因为年少时都与李陵有旧交，因而便派李陵曾经的好友、陇西人任立政组团再次出使匈奴，以便招李陵归汉，李陵说："大丈夫不能反复无常，再次蒙羞。"而在李陵与苏武彻底分别的时候，李陵就写了《送苏武诗》一首：

经万里兮度沙幕，为君将兮奋匈奴。
路穷绝兮矢刃催，士众灭兮名已颓。
老母已死，虽欲报恩将安归？

李陵将报国无门的苦闷和盘向苏武托出，他的质问长久地叩击着苏武的内心。后世的人们以班固的《苏武传》就苏李泣别图演绎了诸多个版本，但秦腔《苏武牧羊》却更接近于《史记》和苏李会面时的真情实景：

李陵：（唱）苍天自有，
苏武：（唱）巧安排。

李陵：（唱）弟得罪，

苏武：（唱）兄不怪。

李陵：（唱）兄弟恩情，

苏武：（唱）分不开。

李、苏：（同唱）似这等沙漠荒郊弟兄双双穷途相遇，多感慨，弟兄们如醉又如痴。

苏武：（唱）劝贤弟请起莫下拜，同坐沙丘叙心怀。

（哭白）贤弟呀！

这一声贤弟叫得如此悲喜交加，莫不是麒麟阁十一功臣之一的苏武最后的心声？

出塞的挽歌

一

西去的路上，除了炙热的阳光、巨大的风尘，还有隐匿于石头缝隙里的战马嘶鸣。

翻过关山，人的身体就离天空越来越近。

追求精神安慰的信徒赤脚在荆棘上走出血印；再善走的良驹也有错失前蹄的一刻，将军下马，战戟在青石板上磕出火花；商旅并不如织，驮马的铃声在干燥的空气里让人昏昏欲睡，在倾盆大雨里，人们撑起帐篷，围着篝火，会讲起一个传说中的女子——或者是多个女子的合成体。并不是人们故意混淆故事的主人公，而是她们本来就面目模糊。

那是后来的人们能想到的最为漫长的婚礼——从出阁到敬拜天地需要一年之久。

但在枯燥的漫漫长路上，人们热衷于谈论他们想象中的爱情。

二

其实并非爱情。

这是忠和义之外的另一个分岔，除了服从，主人公别无选择的余地。

第一场婚礼，发生在公元前200年。

那是汉高祖刘邦七年，那时候的皇帝还没有发明年号纪年的方法。

想起这场婚礼，人们就会想起白登山。

汉朝的帝王们对这座山十分避讳，因而，与这座山有关的很多信息均被一层一层屏蔽掉了，最后只剩下一个干巴巴的传言。甚至白登山在哪儿，也让后人莫衷一是。

司马迁在《史记·匈奴列传》中对白登山战役做了一段简要的叙述：“高帝先至平城，步兵未尽到，冒顿纵精兵四十万骑围高帝于白登，七日，汉兵中外不得相救饷。”

班固在《汉书·匈奴传》中对这一节基本原文照抄。

东汉经学家服虔在阅读《汉书》的时候，对匈奴传做了批注，他说："登，台名，去平城七里。"其后的史学家们围绕白登山做了不厌其烦的调查研究，到近代大致出现了两个说辞，一说认为白登山是今天的采凉山，一说是今天的马铺山。都在平城，即今天的山西大同。

我们且不去研究这座山到底在哪儿，但我们可以看出，不论是司马迁还是班固，都对这座山含糊其词，服虔虽然做了标注，但只说去平城七里，也就是说距离大同有七里，他仍然没有说清方位。司马迁按照惯例在《史记·匈奴列传》的末尾发表了太史公曰，借用孔子著《春秋》一事来表达自己的观点："为其切当世之文而罔褒，忌讳之辞也。"司马迁说，孔子著《春秋》，对于早期的掌故讲得很明白，但对当下的时事则很隐晦，主要是因为后者切近当代政治但又没有什么值得赞扬的，所以只能忌讳地一带而过。

这场汉匈之间的第一场正面对决，就这样被轻描淡写了。但我们能想象得到，在公元前200年的山西大同，汉兵出动以步兵为主的三十二万大军，浩浩荡荡北伐，皇帝御驾亲征，规模何其浩大，可以说是举一国之力，志在彻底荡平匈奴。而匈奴冒顿单于也是匈奴历史上难得一遇的雄主，纵精兵四十万骑相迎。一家步兵，一家铁骑，本来就在装备上有了高下之分，但刘邦志在必得。这场战役没有在战场上见分晓，而是智谋决定了成败。在这场智力的较量中，刘邦和他率领的精锐部队被围困于白登山七天七夜，后来通过贿赂匈奴的阏氏而解围。剧情反转后，中原的爱国之士对高祖的智慧大肆吹捧，认为高祖终究胜冒顿一筹，但从历史的大局来看，“两主不相困。今得汉地，而单于终非能居之也”，这才是真相。

“今得汉地，而单于终非能居之也。”阏氏的话一语中的，点明要害。冒顿单于也明白，除了能号令部族，他还没有做好要消灭大汉的准备。白登山之围实属偶然意外，如果捉一个皇帝，得了他的地盘，能不能立得住脚，他毫无把握，而两主相困，终究是一时半会儿不能解决问题，等大汉的主力援军一到，他反而会被内外夹击，隐患太多。于是，高明的单于将计就计，解开围困之一角，放刘邦而去。他如愿以偿地达到了震慑胁迫之效。

刘邦引兵而罢，他的豪气一点一点地塌了下去，他无奈地意识到，在他的有生之年，他再也不能奈何匈奴半分。

白登山之围后，刘邦才看清了国际形势：以羸弱积贫的汉朝与昂扬崛起的匈奴相斗，无疑是伤敌一千自损八百的愚蠢之举，而这八百却又伤不起——堂堂一国之主，出行连四匹毛色一致的马都找不到，他的将军们甚至乘着牛车上朝，这确实有损大汉威严，可又有什么办法呢？

国内形势更加不妙，战国时期原六国的贵族后裔在秦朝末年各据一方，形成纵横交错的军阀割据势力，大汉统一，他们虽然臣服，但国家的中央集权制度还没有及时完善建立，各异姓王心怀鬼胎，伺机而动，成为西汉政权主要的潜在威胁。白登山之围就是因为一个叫信的韩王在大同叛乱而引起的祸端。

在这种内忧外患下，只能寻求和解之法，可拿什么和解，刘邦不知道。

在白登山冻了七天七夜的刘邦，悔恨了七天七夜。大雪纷飞的夜晚，他在军帐里瑟瑟发抖，那个叫刘敬的人在他的脑袋里摇来晃去，他的声音一次比一次大，他说："一切都是假象。"

这确实是一场阴谋，冒顿单于因此役而威名大震，获得了和汉室平分秋色的资本。

越是悔恨，刘邦便越是想起那个叫刘敬的人的聪慧来。

三

刘邦还清楚地记得他第一次召见刘敬时的情形：那个在前线运送辎重的普通士兵穿着一身粗衫布衣出现在朝堂上，

满朝文武都向他投去了鄙夷之色，就连皇帝自己，也觉得有点滑稽可笑了——他甚至想不起来，究竟是出于什么样的心态才召见了他。是士兵的执拗，还是他内心的不安，他说不清楚。

那时候，天下初定，他和他的臣子们都沉浸在胜利的喜悦中，他放纵着他们，任由他们争功夺爵，广置田产，他满以为自此可以高枕无忧，坐享天下了。在他当皇帝的第五年，他决定在洛阳安顿下来接受万千子民的朝拜，但就在那一刻，一丝不祥之感掠过他的心头：他真的要和那些与他同甘共苦的弟兄平起平坐，没大没小地一起管理这个国家吗？

当这个问题滋生出来，刘邦再次坐在高高的龙椅上，环顾嬉笑无序，无拘无束的朝堂，他的后背便沁出了一层冷汗，他知道，从现在起，他将再也不能依赖这些人了，他要疏远他们，他要管理约束他们，他得尽快建立新的人脉关系，让那些毫无功绩的人来帮他治理这个国家。

他仍然面带微笑，仍然与他们觥筹交错，他成功躲过了所有人的试探和猜疑。他对他们说："定都洛阳，若何？"朝堂下一片欢呼和赞颂，没有人反对，也没有人能想起"天下之民肝脑涂地，父子暴骸中野，不可胜数，哭泣之声不绝，伤夷者未起……"的衰败之象。皇帝无力地垂下了双手，他头一次感受到了这种祥和中蕴藏的危机。

所以，当齐人将军虞举荐他的同乡——这个叫娄敬的士兵的时候，他出人意料地答应了，他想着，先投石问路吧。

但见到娄敬，刘邦还是失望了。这个寂寂无名的小兵站在朝堂下，在那些战功赫赫的将军和才华绝伦的谋士的光环照耀下显得太过粗糙，仿若一个笑话，根本无法成为他宏图大业中的一片叶子。

所有人都低估了娄敬，当然他也没有能让人高估的资本，就连举荐他的将军虞此刻也心惊胆战地捏了一把汗。

在一片喧嚣中，齐人娄敬向皇帝提问了："您定都洛阳，是想和周王室作比较吗？"

这个开场白很了不起，没有人想到一个士兵开口就会向皇帝发问，场面一下子安静了下来。

刘邦说："是啊，又能怎么样呢？"

大家又笑了起来。

娄敬说："陛下取天下，与周室异……"娄敬开始分析周王室定都洛阳的缘由，再梳理刘邦发家的历史，两相比较，得出"而欲比隆成康周公之时，臣窃以为不侔"的论断。

娄敬这一番滔滔不绝的演讲，震服众人，慢慢将刘邦内心的迷雾拨开。他说："且夫秦地被山带河，四塞以为固，卒然有急，百万之众可具。因秦之固，资甚美膏腴之地，此谓天府。陛下入关而都，山东虽乱，秦故地可全而有也。"

娄敬的析辩得到了张良的认同，刘邦大喜，遂立即起驾关中，定都长安。这一做法成为西汉初年皇权巩固的关键举措。建都长安后，刘邦赐娄敬刘姓，拜为“奉春君”。西汉初年，天下太平后最为著名的政治家就此脱颖而出，成为刘邦新的利益集团的重要谋士之一，张良等人的智慧在他面前慢慢暗淡了。

刘邦征战匈奴之前，派出十多个探子打探匈奴军事实力，眼见匈奴戒备不严，城防不实，军纪涣散，这让刘邦觉得匈奴不堪一击，决定发兵，而刘敬去了一趟边界，回来却说这是障眼法。雄心勃勃的刘邦认为刘敬真是不识大体，扰乱军心，于是将他下了大狱，随后流放到了广武（今河南荥阳一带）。

突围的败军返回的途中，刘邦特意转道去了广武，在幽暗潮湿的大牢里，皇帝拉着刘敬的手，哽咽不语。他们肩并肩走出来的时候，刘邦说：“小子，你现在是关内侯了。”这个侯位来得太过突然，刘敬抬眼望着天，打了几个喷嚏，他没有跪下来谢恩，而是悠悠地说：“和亲吧。”

刘邦惊讶地问：“何为？”

刘敬说：“天下厌战，匈奴刚劲，与其出兵伐之，不如嫁公主于冒顿，以示友好。”

刘邦一听就来了气，心想你小子真是不识抬举，刚刚为你加封二千户，这会儿却又打起了公主的主意，他不满地说：“两国相争，凭的是国力和军队，我堂堂大汉朝，打输了就把女儿送过去，成何体统。”

但刘敬还是说：“唯有和亲，毕数代之功，换了匈奴血统，自然是汉匈一家。”

不得不说，这确实是一个馊主意。就连内心常常不太清明的刘邦也未曾想到，一个国家的安定竟然要靠奉献自己女儿的身体作为筹码，这显然有损大国尊严，他明面上很不赞同，但暗地里细思量，却又觉得这是不战而屈人之兵的最佳之道。

和亲说随即就在整个朝廷引起了轩然大波，第一个明确表示反对的是大名鼎鼎的皇后吕雉，她气势汹汹地找上门来，手指差点就要触到刘邦的额头了，她说：“我就这么一个女儿，你要把她嫁到匈奴去，你的良心被狗吃了吗？”

朝臣们也一边倒地站出来支持吕后，他们大义凛然地说：“皇帝的女儿作为一种交易送往异族，皇家的颜面何在？”

这件事纷纷攘攘地争论了一些时日，最后还是吕后想出了新的办法，她说：“何不从皇家宗室中选出一位才貌俱佳的女儿纳为公主，然后再以皇室规格嫁出去，这样不但保全了皇家颜面，又能对宗室皇亲形成掣肘，岂不两全其美。”

于是，围绕和亲的馊主意一环套着一环，最终形成了周全而严密的礼仪和制度，以假公主为核心的间谍团队打着和亲的幌子就这样浩浩荡荡地从长安出发，翻关山，越河西五郡而去了匈奴境地。

这件事做得并不光彩，与白登山之围一样，朝廷的文官们集体噤声，皇帝不允许任何人记录下这件在后世的中国历史上影响深远的一笔，《汉书》只说："使刘敬结和亲之约。"

刘敬是这件事的倡议者和执行者，他比所有人都看得远，想得远，他雄心勃勃地想通过和亲之策来实现他民族融合的宏伟目标，他期待着多年以后，匈奴人携妻带子主动称臣，到时候该是一个多么温馨的团圆场面啊，他甚至想到了晚年的某一天，整个大汉朝都会因着他的英明而天下安定，和顺团结。他想，这个朝代已经不需要将军们了。

这一场婚礼只留在了丝绸之路上，留在了过往的旅人和军士们的想象之中，人们毫不关心这位公主的未来，也不关心他们那一路上的悲凉和艰辛，人们以自以为是的盛大虚构了主人公的容貌、年龄和心情。她的背影变成了这条路上的荷尔蒙分子，幻化成砂砾和鲜血的暧昧对象。

然而，这仅仅是一个开端。

四

刘敬怎么也不会想到他向匈奴投出去的这一枚定时炸弹竟然很快就淹没进了草泽泥潭里。他以大汉朝的文明想当然地误解了匈奴人的生活本性。

在那个只讲勇猛而不谈柔情的部落里，一个美艳的女子再怎么妖娆也比不上他们胯下的战马，丝绸和茶叶绝对无法与他们的尖刀媲美。和亲的公主只能是以一个女人的身份充当繁衍的工具而已，在匈奴的政治语境里，她们不值一文。

在匈奴人的收继婚制里，他们高贵的阏氏也不能免俗。单于死了，和亲的公主就嫁给单于的儿子，成为新单于的阏氏，若是儿子又死了，她们还要嫁给他们的兄弟，她们只能作为妻子存在，汉朝的礼仪和文明很快就被匈奴的习俗同化，而匈奴的顽固依然如旧。

而这个不良的开端让匈奴人握住了大汉皇室的命脉。在一次又一次的进攻中，他们一次又一次提出和亲，他们贪得无厌，周而复始。

公元前195年，刘邦在讨伐英布叛乱时中箭，不久死去，他的儿子汉惠帝刘盈继位，刘盈羸弱，皇权由吕后一手把持。汉惠帝三年（公元前192年），吕后为了长安稳固，征发长安周围六百里内男女十四万六千人筑长安城，而这时，冒顿单于将主意打到了吕后的头上。

冒顿派使节向吕后求婚。《汉书》说：“孤偾之君，生于沮泽之中，长于平野牛马之域，数至边境，愿游中国。陛下独立，孤偾独居，两主不乐，无以自娱，愿以所有，易其所无。”

这份“情书”突显了两个问题：一是刘邦刚死，吕后就着急慌忙为自己找了个叫审食其的情人，这也是冒顿单于故意发难的前提背景，后世的史学家一致认为这是冒顿羞辱吕后的行为艺术，但依据匈奴人的婚嫁观念，他或许确实觉得这是合情合理的加强合作的重要手段，他未尝不是真心实意要迎纳吕后——那一年，吕后年近五十，而冒顿单于刚进入不惑之年，愿以所有，易其所无，也极合情合理；二是冒顿正在独居，也就是说他的阏氏刚死，我们无法辨明冒顿是否说了真话，他有可能是为了符合求婚的情境才故意张扬自己独居，但也极有可能确实是那位刚刚和亲八年的假公主死了，才让冒顿因独居而不乐。

吕后恼羞成怒，撕碎了情书，要斩来使，但被季布挡了回来。这让她再一次想起了白登山之围，吕后忍辱回复冒顿书信一封，说自己“年老气衰，发齿堕落，行步失度。单于过听，不足以自汙”。吕后以民妇的口气，恳求冒顿赦免大汉。冒顿从这种低姿态中嗅到了一个女人的顽强和坚硬，不得已，才又变了口气，再求一公主和亲。吕后只好顺水推舟，又选了一位宗室女作为公主远嫁于冒顿。

从情书事件中，我们其实并未领略到吕后的见识和胆略，她或许是真的委曲求全，她以女人的示弱来求得冒顿的宽宥。但我们却看到了一个洋溢着动物性的咄咄逼人的匈奴霸主，他的态度和目的很明确：他的老婆死了，准确来说是他的汉人阏氏死了，他需要一个替补，按匈奴的风俗，他理所当然地选择刚刚死了丈夫的吕后，但他并不欣赏她，所以只得与吕后一样不谋而合地退而求其次：再来一次和亲。

除了他们的亲人，再没人为第一个远嫁匈奴的宗室女而哀伤，她像撒向草原的一把灰尘，被风轻轻一吹就了无踪迹了，至于她带着的使命也再无人提起。

当第二个被隐去姓名的宗室女再一次踏上通往匈奴的大路时，和亲就像流产的顽疾，再高明的大夫也无能为力，越是想保胎，胎气就越发紊乱。而当事者却用她们的沉默影响着中国历史隐性脉络的发展。

我们不得不承认和亲政策给大汉一朝所带来的一次又一次的片刻安宁，也正是因为有了和亲，才会有汉武帝时期的绝地反击。司马迁在《史记》中为刘敬和叔孙通并立列传，并盛赞他："脱挽辂一说，建万世之安，智岂可专邪。"意思是说，刘敬觐见了刘邦，他的建言如摘下拉车的横木一样关键，而仅仅就是这样一次机会，便让他建立了万世的功名，这种聪明才智就是这样的少数人专有的。

历史同样抹去了刘敬的生卒年月，多么公平啊，这个提出和亲政策的人也像那些宗室女一样成了传说和想象的一部分，司马迁没有去考证，我们自然也无法考证，所以我们也就无法得知刘敬是否看到了第二次和亲，假若看到了，他又是否会为他的计划失败而惭愧呢。

但这都不重要了。在一场接着一场飞蛾扑火般的婚礼中，大汉的皇帝和他的臣子们关心的只是“和亲约束，厚遇，市，饶给之”。只要“匈奴自单于以下皆亲汉”，天下就太平了。

五

公元前188年，在位仅仅七年的汉惠帝刘盈没有熬过那个令他绝望的秋天，以二十三岁的青春之年驾鹤西去，吕雉正式垂帘听政，朝廷陷入了外戚专权的漩涡——西汉政府甫一开国就为中国历史开了诸多先河，此后的皇帝和皇后们就这样原样抄袭了两千年——中国的封建王朝貌似就有了一个以吕雉垂帘听政开始，以慈禧垂帘听政结束的大轮回。而慈禧对吕雉，恰恰就应了一句流行语：“一直被模仿，从未被超越。”

公元前180年，六十二岁的吕雉病死，陈平、周勃等人诛杀了吕氏外戚集团，迎立汉文帝刘恒继位。冒顿单于在汉朝内乱刚平之际，又乘机发难。公元前176年，刚刚坐稳了江山的汉文帝仍然无法把控汉匈关系，他还没有做到像熟悉自己的身体一样熟悉他的国家，在休养生息的大政方针下，他依照惯例选择了和亲以求得国家安宁。

让人纳闷的是，大汉的女婿依然是冒顿单于，时间间隔了十六年，年近六十的冒顿单于以衰老之躯迎娶了大汉的宗室女为阏氏。

冒顿一生娶了三位汉朝皇室的宗室女——史书依然对这三位女子没有点滴着墨，但明显的事实是她们都不长寿，她们在草泽大漠里成了失语的标本，像一面残破的旗帜一样代表着羸弱的汉室。

迎风而立，而风不语。

冒顿单于于秦二世元年（公元前209年）杀父而自立，突袭东胡，西攻拒守河西走廊的月氏国，短期内解除了两面夹击匈奴部落的威胁，又因白登山之役，迫使西汉政府不敢与匈奴正面冲突，从而为他征战西域提供了时间和空间便利。此后，他北征浑窳、屈射、丁零、鬲昆、薪犁等国，向南兼并了楼烦（今山西省）及白羊河南王辖地，重新占领了河套以南的广大区域。在他的有生之年，匈奴部族首次统一了北方草原，西域诸国都降服于匈奴。

公元前174年，冒顿单于病死，他的儿子老上单于继位，和他的父亲一样勇猛的老上单于继承了父亲的遗志，开始向西扩张，造成了草原以西的游牧部落第一次大迁徙运动，而同时，他又学着父亲的样子，向汉朝要老婆。老上单于在位十四年，分别于公元前174年和公元前162年向汉文帝请求和亲，刘恒又两次嫁宗室女于老上单于。

公元前161年，军臣单于统领了匈奴，汉文帝再嫁宗室女于军臣单于。

汉文帝一朝，四次与匈奴和亲，成为和亲历史上，创下次数之最的皇帝。

刘恒死后，他的儿子汉景帝刘启继位，分别于公元前156年和公元前152年，两次嫁宗室女于军臣单于。

公元前141年，汉武帝刘彻继位，第二年又以宗室女嫁匈奴军臣单于。

军臣单于与汉朝四次和亲，也创下了和亲历史上向汉朝索要老婆最多的纪录。

不得不说，文景之治的盛世有一大半的功劳得益于与匈奴和亲，而在草原驰骋，不断向西扩张的匈奴因为和亲的阏氏而迷了双眼，错过了征服中原的最佳时期。匈奴以冒顿、老上、军臣、伊稚斜四代雄主面对了西汉高祖、文帝、景帝、武帝四位雄才大略的皇帝，是匈奴的不幸，却是中原文明的大幸，在这种针尖对麦芒的拉锯战中，最终以汉武帝刘彻对匈奴军事打击的全面胜利而告终。

历史如果略一错位，将这个时期的匈奴与东汉的几位皇帝放在一起，那中原文明肯定会遭遇灭顶之灾，所幸大汉与匈奴的历史，是强者遇强，弱者遇弱，时运不济的匈奴一族只得落了个覆灭的下场。

好吧，大汉最英明神武的皇帝刘彻横空出世了，天下的格局陡然发生了巨变。伊稚斜大单于也学着他父亲和哥哥的样子向汉朝要老婆，可慢慢长大了的刘彻偏偏不给，他改变了战略，他说："小子，别做你的春秋大梦了。"

为联合乌孙对抗匈奴，公元前108年，汉武帝选宗室女与西域大国乌孙国王和亲。

和亲历史的转折终于出现，这一次，宗室女终于有了名分，刘彻赐她为细君公主。

班固在《汉书·西域传》中首次对和亲公主做了详细的介绍。

从刘邦到刘彻，和亲的作用发生了逆转，汉朝皇室对和亲的态度也发生了巨大转变，从屈辱被动变成了情愿主动。

和亲不再是一件需要忌讳的隐秘事件了，公主们的身份和地位也得到了极大的提升——人不再是一件工具，而上升为一个国家的代表。

从《史记》到《汉书》的书写，这个变化也极为明显。司马迁成《史记》于汉武帝一朝，但司马迁对和亲总是一笔带过，想必他对和亲也带着十足的个人成见。

《汉书》对和亲公主的书写一下子将自身与《史记》区分了开来，令这部书有了不一样的光彩和精神力量。

班固在脱离了司马迁既定范式的那一刻，才长舒了一口气，他终于找到了迷失的自己，就像西汉政府一样，在无尽的屈辱中，也找到了自己。

她从未见识过骡子

吾家嫁我兮天一方，
远托异国兮乌孙王。
穹庐为室兮旃为墙，
以肉为食兮酪为浆。
居常土思兮心内伤，
愿为黄鹄兮归故乡。

当少女的歌声伴着琵琶的清音在伊塞克湖畔响起，南边不远的赤谷城便慢慢安静下来，骆驼引颈，行人驻足，繁华的街市就慢慢被一片氤氲的悲凉所笼罩。

天山顶上的皑皑白雪直插深蓝的天空，而万里之外的中国，大雨正溢满了渭河。

一个人，唱着，舞着。

天地如此广阔，一个人的孤独，明目张胆，天经地义。家乡疏离了她，亲人遗弃了她，在寒冷而又干枯的大漠深处，她看见了远方的碧绿，也看见了内心的荒芜，她的孤独壮观像大汉的千里江山，像乌孙国丰盈不绝的酪浆，坚硬而冰冷，厚重且日日新鲜。

只有她一个人的时候，她才觉得自己像个真正的公主。

呵，是哦，她是大汉的公主，多么滑稽。她一个罪臣之女哪配得上这个名号，可她偏偏就从一个女仆变成了公主，一切玄幻得如在梦中，如在魇中。当华服着身，被众人簇拥的那一刻，她就被巨大的孤独侵袭，她突然成为另一个人，成为被昔日的同伴烘托出来的一个耀眼的贵人，这时候她才第一次感到了惊惧，感到了被厌弃的委屈，她知道，她即将要变成两国交易的一个道具。

那个她应该叫爷爷的皇帝当着她的面说：你是大汉皇室最优秀的女子。

她的亲人们随声附和：你必将为大汉的锦绣江山做出卓越的贡献。

她茫然地望向黑压压的人群，恍惚觉得这场面似曾相识。

——是的，在烦琐漫长的加冕仪式中，她模模糊糊想起儿时的情景。

她其实对儿时的自己毫无印象，她太小了，她甚至不知道发生了什么，生命的琴弦就突然被一只玄幻的大手拨断，她没有听到那声细碎的轻响，甚至血流成河的狰狞也没有让她受到惊吓，那闪着白光的屠刀在接近她的时候迟疑了，那个陌生人手下留情，皇帝也在某一瞬间心里柔软，她侥幸活了下来。

她的故事都是以流言的形式进入她的耳朵，陌生得就像百年前的一次饥荒，但在断断续续的风声中，在十余年的拼接和虚构中，她早就为自己的童年编织了一个连自己都相信了的故事蓝本：她在江都王府里度过了一个幸福的童年。

她的故事有一个官方的底版：江都王刘建谋反不遂，亡国。

她发挥了最大的想象，虚构了自己的王府，虚构了父亲、母亲和自己喜欢的山水楼台……她就是凭着这种想象，才熬过了作为寄养者的艰难岁月。

她在别人的鄙夷下度日，在听着父亲荒淫无耻的罪行中以想象做着无声的对抗。

他们口中让所有人以为真实的江都王集合了大汉建立以

来所有罪大恶极、荒淫愚蠢的失败者全部的劣迹，那是一个老掉牙的质问：那样的蠢货怎么可能治理江都？

父亲的愚蠢真是罄竹难书，她听到的最为可笑的事是他竟然让驴和马交配，那种叫骡子的动物横空出世，那么多人都为此笑掉了大牙。她幽闭于宫中，并未见识过骡子，那些和她一样未见识过骡子的人都认为骡子肯定是和她的父亲一样的蠢货，但以她对父亲的虚构，她坚持认为骡子一定是有益于世的强壮者。她渴望未来有一天，她能亲眼见到骡子，她坚定地认为，在见到了骡子后，她就能辨认出父亲的样子，从而揣摩出父亲的品行和性格。然而，这一夙愿，竟成了她一生的遗憾，她从未见识过骡子。

至于父亲佩着祖父的将军印，载着皇帝的旌旗耀武扬威；指使女巫用“魇胜”之术诅咒皇帝，私铸兵器、玉玺和百官印信等密约谋反的大事，她压根就不太相信，这时候她也觉得像父亲那样愚蠢的莽夫何以有如此大的胆魄。她宁可相信他只是一个连妹妹都不放过的魔鬼。

她渴望父亲强大，又渴望他平庸愚蠢，在这种矛盾中，她虚构的童年，有一个爱她、爱母亲的普通和善的父亲，那个广阔的王府里，就只有他们一家三口，过着富足而节俭的日子——从她记事起，她就习惯了艰苦，她把艰苦想象成了节俭。

然而，从她被带回宫中的那一天，又有谁知道，她难道不是皇帝为后来的和亲预留的一颗棋子？她以皇室遗女的身份享有了难得的教育权，并在音律兴盛的宫中以能歌善舞而出众。

当她习惯而又忍受了一个普通宫女的生活的时候，命运之手又将她唤回了生命的原点，她突然又成了公主，代表着大汉皇室的大国公主。在空洞而虚幻的胆怯中，她听到那些昔日视她如草芥的臣子向她道喜，他们一个个恭敬地呼她：细君公主。

她浑身一震，她知道，从这一刻起，史官们将在竹简上郑重写下她的名字：刘细君，而后世的人们将会因为她而重新开挖关于她父亲的八卦，江都这个被时代抹去的封地也将被后来的史学家屡屡提起。

她十分清楚自己的处境，她的命薄如蝉翼，但她知道，她可以用罪臣之女的身家性命来换取最为微薄的尊严，她的要求过于简单：她要带着她的名字踏上漫长的旅程。

乌孙国的使者驱赶着上千匹骏马从遥远的西域浩浩荡荡而来，马行八千九百里，丝绸之路的羊肠小道从此得以开阔，她出嫁的车辇才有了壮观的盛况。

天朝大国的皇帝答应了她的一切请求，赏赐她“乘舆服御物”，为她备齐了“官属宦官侍御数百人”。这一场前无古人的盛大婚礼震动了长安城，锦旗蔽日，鼓乐喧天，刘细君在车辇里看着这华丽的、冰冷的长安城，她的孤独成了这个世界的孤独。

走啊，走嘞，五铢钱被她撒向了车外，琉璃碎了一地。她的名字在丝绸之路上被掷向虚空，成为千年的珍珠，在小溪里，在草丛中，在荒漠上，在星空里闪闪发亮。丝绸之路断了又开，无尽的杀伐起了又灭，而刘细君一直是肤色白净美丽得像马奶酒一样的让人充满想象的符号。

她虚构着她的人生，后人也在虚构着她的爱情。

人们都说，她是大汉的和亲史上，第一个有名有姓，盛装出嫁的江都公主。

也有人说，她是第一个被他国的国王呵护备至，集万千宠爱于一身的柯木孜公主。

还有人说，她就是一盏飘向远方的灯，那么大的风沙，经不住吹。

这一年，是西汉武帝元封三年，公元前108年。

……起风了，伊塞克湖畔的歌者收起她的琵琶，在凄清的空旷中，她像这个世界唯一的一抹嫣红，就连那飘飞的衣袂也透露着妖娆的悲伤。她低声又唱：

居常土思兮心内伤，

愿为黄鹄兮归故乡。

这两句，她唱给自己听。

当然，她唱出的歌词，除了随她而来的大汉数百官属宦官侍从外，乌孙国的人无一能懂，而正因着如此，她才能在这赤谷城外放声恣肆，无顾无忌。

但这无人能懂，也让她满怀失落。想起还在大汉的宫中时，想起她的老师李延年那惊艳万众的“倾国倾城”，她不免内心澎湃。那是光照四方的天籁，是历史文明进程中流行音乐的第一次巅峰时刻，但她被抛向万里之外，再也听不到了。她只能为自己而诗，为自己而歌，为自己而舞，她将自己的孤独倾注在她的音乐里，让她的悲伤溢满西域。

乌云把天空慢慢压低，枯草随风曼舞，白马疾驰而来，她翻身上马，像在一朵祥云上飞翔的仙子，向赤谷城奔去。

刘细君没想到的是，音乐不分种族，不分国界，她的这首《悲愁歌》很快就传遍了西域，被翻译成多国语言广泛传唱，版本驳杂，有人叫它《乌孙公主歌》，有人叫它《黄鹄歌》，有人叫它《边塞歌》，后世的史学家对这首歌曲做了多向解读，认为这是中国古代诗歌从“言志诗”转型“抒情诗”的里程碑式的作品。

歌声最终传到了万里之外的长安城，“天子闻而怜之”，派使节携锦绣帷帐、美味珍馐远赴乌孙慰问。丝绸之路被这首后来收入汉诗的“绝调”唱得黯然悲凉，也唱得锦绣繁华。

这是丝绸之路最为浪漫的年代，也是中国边塞诗开宗立派的年代。

晋人傅玄在《琵琶赋·序》中考证说：“汉遣乌孙公主，念其行道思慕，使知音者裁琴、筝、筑、箜篌之属，作马上之乐。”作为一个很早就显露出音乐天赋的天才，刘细君出嫁时，带走了大汉一个庞大的音乐团队，也带走了大汉盛行的各种乐器。而唐人段安节在《乐府杂录》中则说：“琵琶，始自乌孙公主造。”

是的，刘细君造出了琵琶，将汉代的乐府融入了西域的异音，中原文明以音乐的输出完美地影响了西域文化。

音乐比金戈铁马更加深入人心。

而这时候，刘细君也不过是个十六七岁的少女。

……

在城外等她的贴身侍从牵住马头对她说：“昆莫已经派人请了三次……”

乌孙人把国王尊称为昆莫，类似于汉人把皇帝称为陛下。

刘细君尚未从刚才的悲怆中脱身出来。她满脸阴郁地望向远方。被她起名黄皓的翻译官——那个她最信任的人沉默着向她摇了摇头。

这是刘细君和昆莫猎骄靡约定见面的日子，等同于一次临幸。一年中这样的日子并不多，也没有固定的日期，一切都是昆莫猎骄靡按照细君公主的意愿安排的，倘若刘细君不愿意他也不会勉强。猎骄靡自己也十分清楚，这不但是做给他的子民们看，也是做给匈奴和大汉国的高层们看——他的左右妇人，他一个也得罪不起。

刘细君当然知道推托意味着什么，尽管昆莫对她宠爱有加，视同女儿，但这种宴会非比寻常，即使昆莫能迁就她的性子，但难免会给左夫人那边落下话柄，倘若以礼仪制度追究起来，伤的又是大汉国的面子，因而这个时候，她就更应该振作起来，以大国风范母仪天下，即使是做样子，也要让乌孙国上下六十余万人看到大汉国的威仪，而她更要向举国证明：她才是昆莫的第一王后。

入城后，走过千篇一律的尖顶殿亭，白如奶酪的外墙包裹着金碧辉煌的内饰，她就一阵反胃，她毫无来由地觉得这赤谷城内最为豪华的建筑像极了她梦中的棺椁——那是被白色帷帐遮蔽起来的囚室，和这赤谷城一样，她亦是被豢养在城内的黄鹄。从刚到乌孙的那一天起，她就发誓要建造一处属于自己的汉家园林。既然是豢养，那就继续钻进自己的梦里吧。

昆莫答应了她的请求。

她终于为自己做了一回主。

她遍请乌孙国内的能工巧匠齐聚赤谷城，当然，还有那些沿着她西行的足迹——这条被后人称为丝绸之路的万里长途，跋涉而来的他国之士，也纷纷慕名而来，她按照自己的喜好，亲自设计了图纸，亲自参与了建造，她就是靠着那一花一草，一砖一瓦熬了过来。

一年之后，一座中原式的汉家府邸毗邻着昆莫的王宫矗立在赤谷城，像荒漠中的绿洲，神秘而又清晰。

中原的建筑和音乐一样，风靡西域诸国。刘细君以她的执着和才华影响着西域诸国，国王们以此管中窥豹而略知大汉一二。刘细君成为西汉政权与匈奴较量的过程中，在精神文化领域最为重要的砝码，这种无形的力量召唤着西域诸国慢慢向汉朝政府靠拢。随着乌孙等国对匈奴的反抗，匈奴失去了最为可靠的供养，这也是西汉军队能慢慢摧毁匈奴的一个重要因素之一。英明的汉武帝及早地认识到了这一点，他也给予了刘细君在乌孙最大的支持和保护。

走过曲折幽静的长廊，刘细君远远就看到了坐在大厅里的昆莫。她发现在这短短的两年里，昆莫仿佛是突然变老了。这个曾经吃着狼奶，靠乌鸦衔肉得以存活的逃亡之人，一生披戴着神灵眷顾的天佑之光纵横西域，他带领乌孙军队击败了伊犁河流域的大月氏人，将一个覆灭的乌孙进阶为西汉时期游牧民族在天山以北地区的最大行国。

斗转星移，日月变幻，西域诸国在匈奴的控制下，相互倾轧，你杀我伐，国王善终者少，而猎骄靡却以他的雄壮和智慧统治乌孙四十余年，他的名字甚至比匈奴单于的名字更加响亮。匈奴人从鹰隼的口中救下了他，收养了他，支持他收复失地，恢复王位，但也因此，他一生受制于匈奴，没人知道他在迎娶刘细君时内心做过怎样的挣扎，但全世界的人都看出了他想自立的雄心。是的，猎骄靡，这个乌孙国最为英明的国王，他不想再做匈奴人的附庸，他和刘细君一样，他渴望自由，渴望自己能为自己做一回主。他做出了选择：他一面疏离匈奴，一面向西汉示好，尽管这种中庸的飘摇态度有些危险，但他成为了他自己，为西域诸国做出了榜样。

西汉的史学家说，猎骄靡是派了使者跟随汉使到长安，看到了长安城的繁华和大汉的强盛才与西汉和亲，这显然是大汉宣传系统自我宣扬的一个手段，而对于猎骄靡，倒不如说是他在力图摆脱匈奴的斗争中发现的一线生机，二者不谋而合。在汉匈争霸中，猎骄靡利用他的平衡术，为乌孙国乃至整个西域民众争取了可以自由呼吸的狭小空间和有限而难得的发展机遇。

看似海阔天空，其实天涯同路，两个需要为自己而活的人，在狰狞的世界里惺惺相惜。刘细君第一次见到猎骄靡的时候，她没有从他身上感受到国王的威严和夫君的炽热，反而被一种强烈的慈爱所感动，和她梦中见到的父亲给予她的温暖极其相似。

所以，他随后又娶了匈奴单于的女儿为左夫人。

所以，刘细君才得以在乌孙国受到优待。

歌舞升起，琴瑟和鸣。猎骄靡醉眼蒙眬地望着刘细君，突然说："等我死去，你就嫁给我的长孙军须靡吧。"

刘细君闻之心头一震，她看到了他的疲倦，也看到了爱怜和无奈。她知道他的心思，她也喜欢那个他最喜欢的孙子，但她始终把自己看成是他的王后，她清楚她身后背负的是大汉国的使命。她摇了摇头。起身走向了那群欢快的舞女，为他献上了她的代表作：

吾家嫁我兮天一方，
远托异国兮乌孙王。
穹庐为室兮旃为墙，
以肉为食兮酪为浆。
居常土思兮心内伤，
愿为黄鹄兮归故乡。

衰草萋萋寒林静，霜花惨惨哀雁鸣。她沉浸在自己的歌声里，再一次陷进了无尽的悲凉。她知道，他能懂。

而他终究是老了，听着听着便睡着了，眼角还挂着泪痕。

一曲终了，他却再也不醒。

乌孙国最为璀璨的明星陨落了。

刘细君知道，这个最呵护她的人在她的生命中像流星一样划过了，一切都太快了。

他的话成了遗言，而万里之外的皇帝也明白了他的弦外之音。她终究还是不由自主，她依乌孙国的风俗再次嫁给了新的昆莫。

世人都以为，她的爱情才刚刚开始，但她却仍然深陷在她对自己人生的虚构中不能自拔，在为军须靡生下一女后，她决然离开了这个世界。

这一年是太初四年，公元前101年。刘细君在乌孙刚刚生活了五年，她尚且没有完全适应异国他乡的生活。而她的女儿少夫也和她小时候一样，睁眼便见不到母亲。

遗憾的是，她一生未见到骡子。

影子或情人

刘细君死了，大汉与西域的联袂之花却才刚刚冒出嫩芽，丝绸之路上的商贾和旅者也才勇敢地向前多走了一步，通往远方的驿站也才多建了一处。西域的世界正准备以昂然的姿态走向大同，那么，和亲的接力棒就一定要移交到另一个人手中。

在肃静的未央宫，汉武帝送走了乌孙的使者，便把目光移到了悬置在剑架上的利刃，他多么想抽出那道寒光，将它扎进匈奴的王城，可终究还是被自己的无助消去了内心升腾的火焰，后来，他还是想，让谁去呢？

到底让谁再去乌孙？这个世界性的难题其实在送走刘细君的那一刻他就已经想到了，但他没想到仅仅五年时间，他又不得不面对这个命题，这是让人羞耻和不安的选择题。他的父亲和爷爷从没为此发过愁，大汉的皇室从不缺刘姓的公主，类似于陪葬一般的和亲，除了需要女人们的勇气之外，并不要男人负责什么，但刘细君之后，女人的力量在遥远的西方放射出光芒，他便不得不认真思量谁能胜任的问题，他要将女人的优势发挥到最大。于是，一场宫中的暗地遴选便轰轰烈烈地展开了。

这是厄运，是霉运。诸侯国的王爷们为躲避厄运使出了浑身解数，上下打点，祈祷做法事，比丑装可怜，倒让宦官们美美捞了一把。

深宫里的奴仆自然不会把这样的国家大事与自己的命运联系在一起，他们担心的，唯有认真熬过一天的日子，只要不出错便是大幸。当然也有人私下里议论刘细君，但大家心知肚明，刘细君其实是个例——她有两条异于常人的优势，一是她的家族毁灭之时，她年幼无知，这既让她幸免于难，同时也为帝王斩草除根的惯常阴暗心理找到了一个释然的借口，因而当她活下来的那一刻，她就因为纯洁无染而与普通的罪臣之女区别了开来，她被赋予了一些奴仆所没有的特权；二是作为宫廷音乐家李延年的徒弟，她善歌舞，是大汉音乐界的天才，是明星，她在深宫里其实自带光芒。

是的，自汉景帝二年（公元前155年）御史大夫晁错上疏的《削藩策》引发的那场轰轰烈烈的七国之乱后，那么多的皇室之女成为阶下囚，戴罪宫中，在日复一日的杂役劳作中，她们都想成为第二个刘细君，纵然摆脱不了一去即骨枯的魔咒，但她们曾经拥有的公主的光环始终让她们保持着内心的孤傲，在刘细君之后，远嫁，出征，成为了她们隐秘的梦想。

罪臣之女们之间的较量在这种近似于白日梦的幻想中徐徐展开，且愈演愈烈，密探们嗅到了她们澎湃的暗流，终于，有人向皇帝进言：何不在她们中再选一个？

这是一个令人豁然开朗的建议，在朝气蓬勃的皇室罪女面前，汉武帝从艰难中挣脱出来，他深吸一口气，在广阔的大汉地图上，极目远眺。

真是云蒸霞蔚，凤翥鸾翔啊。

那么，开始选吧，让那暗处的较量展示在众目睽睽之下吧。我们且略过那残酷的争斗和计谋，我们只需知道最后那个脱颖而出的女子是昔日楚王刘戊的孙女，这一年，刚满二十。

既然是一个全新的打法，那么一切都需要重新洗白和命名。大汉的史官们谙熟此道，他们伶俐地略过了这个集智慧和美貌于一身的女子的名字，他们无法虚构她的身世，但创造了她作为公主的一切有利的必要条件。一时间，她被万千荣光加身。那些要深扒她家史的行为都被制止了，因而后人在历史堆里只能知道她是楚王刘戊的孙女，而她的父亲、母亲等与她相关的信息全被过滤掉了。

一切准备好了，汉武帝也经过了深思熟虑，他堂而皇之地为她命名：刘解忧。他说：解细君之忧。聪明如解忧者，自然明白，实际上，她要解的是陛下之忧，大汉之忧。

不管她多么憎恨这个皇室，多么厌恶这个国家，多么想逃离这个囚笼，但当她再一次成为耀眼的公主，她便体会到了刘细君的孤苦和悲伤，尽管她并不畏惧前途，但她深深知道，她曾经厌弃的却是她往后余生唯一可以依靠的，那沼泽、丘壑和丛林，污秽却又蕴藏着无限温馨。

她婚礼的盛况超过了刘细君，随侍的仆从和珍稀异物的份额也超过了刘细君，那西行的路途也比五年前通坦了许多，当繁华褪去，一行人走在空荡荡的山林里或夜宿在星空浩瀚的峡谷里，她便发誓，她得重新活一回。

既然是解忧，那就唱吧，跳吧，让枯燥乏味的旅途热闹一点，让未知的险恶先离自己远一点。她要把长安的歌声带给沿途的村庄，要把长安的习俗带给停留过的驿站，要把长安的美酒和佳肴留给西行路上的道县。她如此张扬，如此鲜艳，用尽了一个公主的权力，她不怕世人的嘲讽和非议，她费尽心机为自己的西行镀上了一层金光。

于是，她人未至而早已名动西域，艳绝丝路。

豁然无畏的胸襟和沉稳浪漫的生命格局成就了刘解忧，也感染了她身边的每一个人，就连她的贴身侍女冯嫽也赢得了翻身的机会，成为后来享誉西域的女政治家与外交家，“尝持汉节为公主使”，遍访天山以南西域诸国，青史留名。

一行人就这样声势浩大地到了乌孙国。刘解忧被迎请进了刘细君亲自建造的公主府，人们想当然地认为，她一定是要留在赤谷城歌舞伴余生。然而，刘解忧清醒地看到了乌孙国正面临的困境，也看到了她前路的泥泞。

乌孙国经过猎骄靡漫长的四十余年的统治，看似一统强盛，实则因着军须靡父亲的早死而出现了罅隙，猎骄靡固执地将王位传给长孙军须靡，导致他的二儿子大禄拥兵分裂，军须靡成为昆莫后，乌孙国实际上已经沦落为分庭抗礼的两个部落，倘若大禄向匈奴倒戈，那么汉朝在西域的所有经营都将化为乌有。而在军须靡一方，由于刘细君只生了一女，匈奴公主左夫人却为其生了长子泥靡，倘若日后泥靡继位，势必又会亲近匈奴，大汉几代人的努力也会功亏一篑。所以，刘解忧面对的困境便不再是思乡的哀伤，而是生存的进退，假若刘细君还能多活几年，便不只是乌孙，甚至整个西域或者汉匈之间的争霸史都将会改变走向。

所幸，刘解忧来了。她看不起涕泪交零的吟唱，在政治争斗面前，她需要的是从容的胆识和强大的生命。她走出了公主府，走出了赤谷，她要随着她的夫君、她的王逐草而居，巡视她的王国。

真正强大的人，会在自己的方寸之间，在规矩中铿锵有力。

幸运的是，刘解忧还未使出她的智慧，她的前路就猛然开阔了。军须靡不久便死去，临终前，将昆莫之位传给了大禄之子翁归靡，并与翁归靡约定，等泥靡长大再还国与他。双方欣然，乌孙就在这一念之间重归于一统。

史书并没有记载在这个大智慧间刘解忧有没有推波助澜，但从她往后的政治权术和自信中我们亦可以猜测一二：或许她就是化危难于一念间的那个智者，是挽救乌孙和平衡多方势力的那个女政治家。

刘解忧按乌孙祖制二次嫁给了翁归靡，她与这个号称“肥王”的大胖子缔造了和亲史上最“高光”、最令人羡慕的爱情绝唱。肥王对她关爱备至，西汉朝廷与乌孙国的关系一度升温，从长安通往西域的大道上，行人往还，不绝于途。在政治上，刘解忧将侍女冯嫽嫁给了乌孙国的右将军，这样一来，刘解忧与冯嫽一内一外，基本上控制了乌孙政权。

刘解忧以王者之态，游说西域诸国，令包括乌孙在内的西域大部分国家彻底放弃了在匈奴和汉室之间的摇摆，对匈奴由非暴力不合作逐渐变成了抵触和反抗。

汉宣帝本始三年（公元前71年），意识到问题严重性的匈奴发兵乌孙。汉宣帝刘病已派出五路大军与乌孙夹击匈奴，匈奴大败。这一役，为汉朝和西域的良好发展赢得了一个较长时期的和平机遇。从此，西域诸国纷纷归汉，乌孙国等同于西汉驻西域的大使馆，刘解忧成为汉室在西域的重要代表，常“锦车持节，宣抚西域各国”。随后，西汉政府进一步在政治、经济、军事上加强了对西域的经营。公元前68年，汉宣帝派侍郎郑吉、校尉司马憙到渠犁一带屯田，公元前64年，西汉在公元前101年设置的使者校尉的基础上，任命郑吉为“护鄯善以西使者”，主护南道。公元前60年（汉宣帝神爵二年），匈奴内乱，匈奴设置在西域的僮仆都尉日逐王降汉，匈奴彻底失去了对西域的控制权，汉宣帝立即于次年任命郑吉为西域都护，统领西域诸国，西域自此纳入了汉朝的版图。郑吉在乌垒（今新疆轮台县境内）建立都护府，作为西汉外派管理西域诸国的国家机构。这也是中国历史上，中原王朝首次在西域地区设置行政机构。

翁归靡作为推动西汉与西域统一的重要功臣，却在西域都护府成立之时因病死去。他死时兑现了诺言，将昆莫之位还给了军须靡的儿子泥靡。而泥靡的母亲正是与刘细君一起嫁给猎骄靡的匈奴公主。

世事往复，覆水东流。后来的史学家们无不慨叹，这一次乌孙的换届，将西域的历史倒回了五十年前，也就是说，刘解忧一生的心血在新的乌孙昆莫这里成了一串泡影。很显然，在历史的紧要关头，那个胖子背弃了和刘解忧的协议，他覆手翻盘，他仍然选择了在汉匈之间摇摆的这条老路，他借助汉朝的力量摆脱了匈奴，但他又希望再次借助匈奴的力量摆脱汉朝——这就是西域诸国的生存之道，也是他们无法自立却又渴望自立的选择之道。

历史出现了一个可笑的轮回：刘解忧和匈奴公主同为军须靡的左右妇人，她们也同时作为左右妇人与翁归靡一起生活，在将近二十年的时间里，她们是姐妹，是敌人，更是知己。但一朝换代，当泥靡登上历史舞台，刘解忧又不得不以四十岁的年纪再次嫁给与她没有血缘关系的侄儿，而她的姐妹却成了她形式上的母后。

在滚滚的历史车轮下，一个女人的身体又算得了什么呢？第三次，她只能在屈辱中嫁给那个性格暴躁，残忍无道的泥靡，并为他生了一个叫鸱靡的儿子。但她怎么能够忍受这个外号“狂王”的小辈的凌辱，于是，她便决计杀掉他，以挽回昔日的尊严，挽回大汉的威仪。她在酒宴上设计，却在利剑出鞘时失去了力道，泥靡负伤逃走，她被泥靡的儿子带兵围困，幸而得西域都护郑吉相救才脱险。这一下，惹了祸端，乌孙国一时大乱，她也身处险境。好在不久，泥靡被翁归靡之子乌就屠所杀。

为了平衡乌孙局势，在刘解忧的周旋下，在汉室的施压下，枕戈待旦的乌就屠与刘解忧和解，汉室封刘解忧的儿子元贵靡为大昆莫，封乌就屠为小昆莫，乌孙国再次一分为二。但刘解忧再也无力回天，她清醒地认识到，当汉室对乌孙的控制越来越重的时候，他们的反抗是必然的，就像她刚到乌孙的时候，乌孙民众反抗匈奴的道理一样，至此，她才理解了翁归靡最后的决定，也才放下了她的王者姿态，慢慢将自己回归到一个远嫁的夫人的位置上，她也慢慢理解了刘细君的悲伤和哀愁。

尽管她的儿子们一个比一个优秀：长子元贵靡统领着大半个乌孙；次子万年为莎车国王；三子大乐为乌孙左大将；长女弟史是龟兹国王绛宾之妻；小女儿素光是乌孙若呼翕侯之妻。但他们终究是乌孙的子女，是西域的鹰隼，并不是大汉拽在手中的风筝。她尽力了，她名满西域，但她还是会在一个人的时候，吟唱那首刘细君的名作：

吾家嫁我兮天一方，

远托异国兮乌孙王。
穹庐为室兮旃为墙，
以肉为食兮酪为浆。
居常土思兮心内伤，
愿为黄鹄兮归故乡。

她向着东方的天空说：天鹅啊，我仍然是大汉的臣女，请带我回去吧。

汉宣帝甘露初年（公元前53年），刘解忧向宣帝上书：“年老思故乡，愿得骸骨归汉地。”宣帝派人接她回国，以公主之礼善待。

在归汉后人生的最后三年里，刘解忧想得最多的仍然是刘细君，她从未与她相逢，而她却一直活在她的骨血里，她为她解忧，为她抗争，为她活着，她是她后世的风骨，而她却是她前世的背影。

公元前49年，七十一岁的刘解忧死去，而西汉第十位皇帝，与她的人生紧密缠绕的汉宣帝刘询也紧随着她的步伐驾鹤西去。

琵琶怨

刘解忧亲历了西域诸国归汉，也见证了西汉一朝对匈奴作战的最“高光”时代。

西汉历史上继汉武帝之后最有名的贤君汉宣帝在成功解除了以霍光为代表的霍氏集团势力之后，重整吏治，严惩贪腐，慢慢将“霸王道杂之”的“汉家制度”拉回了正轨，于是国家中兴，匈奴日渐衰落，包括附庸于匈奴的西羌部落，也在陇右名将赵充国等人的强硬打击下，被击破而投降。中国版图第一次出现了胡里邻邦统一臣服的华丽局面。就连那久不见天日的《史记》也在宣帝一朝得以颁行。

大汉的江山天高地阔，皇帝有了俯视一切的资本。这样看起来，凭借女人的身体稳固江山的国策就要从汉宣帝一朝结束，从刘解忧结束了。然而不是，在那盛大繁华的时代里，却到处是暗逐和明斗，每一个和颜悦色的角落里，难免逃亡和杀戮，难免相煎和倾轧。

汉宣帝刘询和刘解忧一起创造了大汉的盛世，他们带着惶惑和不安离开了世界。国家机器的引擎落在了汉宣帝的儿子汉元帝刘奭的手中，西汉进入了第十一位皇帝的决断时代。

但繁华落尽，时光必然要进入无尽的寂冷，每一个朝代都如此相似，最后毁灭王朝的都是荒淫无道的昏君，而让皇权走向衰微的却往往是多才多艺的政治庸才。汉元帝如此，一千多年后的宋徽宗更是如此。

善史书，通音律，好儒术的汉元帝在他父亲安排的“三驾马车”的辅佐下，如果按部就班，起承转合，西汉皇权的荣光或许会因为他的短命而顺利移交到他的儿子汉成帝刘骜手中，他便不会成为大厦将倾的始作俑者。当然，他的子孙们的愚蠢比他有过之而无不及，“元成哀平”四君一个赛一个地将祖宗的丰功伟绩挥霍殆尽。比较起来，刘奭还不是最差的。

刘奭登基两年后（公元前47年），随着外戚、儒臣、宦官三方势力的角逐尘埃落定，名臣萧望之饮鸩自戕，汉家皇权终于落到了宦官身上，中书令石显权倾朝野，生杀自由。石显开启了大汉两朝宦官专权的先河，也为大汉的皇运打了一个死结。

我们只有在这个背景下来谈论王昭君，或可抵达历史的深处，听到两千多年前西汉一朝最后一位和亲的女人内心的声音。

那么，就从汉元帝建昭元年（公元前38年）的夏天开始吧。

这一年，西方世界的罗马帝国与安息国在幼发拉底河沿岸进行了激烈的对决，你来我往，互不相让。中国境内，蛰伏于东北的高句丽部落冒头建国，这个传说中是东边九夷这[玄菟、乐浪、高骊、满饰、凫臾（扶余）、索家、东屠、倭人、天鄙］之一的扶余族后裔，这时候向全世界暴露了他们的野心，尽管高句丽国仍在西汉政府的高句丽县辖制内，且不被长安承认，但从这一年起，这个在中国历史上持续了705年之久的少数民族政权，却极大地影响了中国版图的扩充和历代王朝的戍边难度。

单从这一事件，我们就不难看出，西汉政府的软弱和危机。

当然，这一年，也有令人欣喜的大事。北匈奴的第一代首领郅支单于被西域都护甘延寿联合西域十五国军队斩杀在康居国，这位短暂复兴匈奴一族的强者的死亡也加剧了北匈奴的覆亡。汉元帝大赦天下，自信满满，想当然地又沉睡进自己的大国梦里，但他不知道的是，远在西域的胜利，其实还是他的父亲和刘解忧共同筑造的坚硬屏障的余威使然，而他却正在将这一点根基慢慢毁掉。

夏风清朗，湖水碧澄，十四岁的王昭君坐船北上，广袤的湖面，帆樯林立，商旅不绝，王朝的盛世还以巨大的惯性支撑着。这个南郡秭归县（今湖北兴山县）的平民之女还不知道忧愁，更不知道人世的险恶和空茫的前途，她对来日的想象还冲破不了家乡的水田。除了美貌，她一无所有。乃至于后世的史学家们在为她立传时，连她的名字都莫衷一是。

班固《汉书·匈奴传》中说，她叫王蔷，字昭君，这里班固说的是蔷薇的蔷，而班固在《汉书·元帝纪》中第一次提到她的时候，却又称她为王樯，帆樯的樯。多年后，范晔在《后汉书·南匈奴列传》中又说，她名叫昭君，字嫱，而这个嫱却已是指宫廷里地位高于嫔、御的女官封号，于是，在后人的传说中，她便有了四个不同的名字：王蔷、王樯、王嫱、王昭君，等到她的名声广为流传的时候，人们害怕弄错她的名字而遭人耻笑便只叫她王昭君。而这个名字是她进宫以后才有的。

以宫女身份偏居掖廷的王昭君开始了衣食无愁的无聊生

活。她和所有无聊的人一样，以学习皇家礼仪和音律诗词打发时间。她的知识与她的身体一样增长，而她的性格却越来越内敛，在漫长的无聊中，她早就明白，这种无聊将伴她一生，而她接受了这样的无聊，也接受了就这样老去的宿命。

而她没想到的是，五年之后，她的生命出现了转机。

公元前33年，匈奴老呼韩邪单于（匈奴二次分裂为南北二部后，老呼韩邪单于的孙子又自封为呼韩邪单于，为归汉的南匈奴首领）来长安相会汉元帝，并直言要当汉朝的女婿——这是一次与以往历朝都不相同的请婚——老呼韩邪单于以低姿态而提出了高要求，这让我们想到了白登之围，想到了冒顿单于的高冷，想到了刘邦的无奈。但怯懦的刘奭仍然没有意识到这是一次胁迫，而那位大权独揽的阉人石显更不会想到老呼韩邪内里的孤傲，他们想都没有多想，就欢喜地答应了这个示弱于汉朝的匈奴首领。

是啊，无非是像他们的祖先那样，赐一个宗室的宫女，或是一个罪臣之女赏给他便是了，又有何不可。整个大汉朝廷都觉得他们了解这个匈奴人，他们想当然地以为，他于公元前53年，率领匈奴南部一支前来投降，再到公元前38年协同大汉远征军收拾了北匈奴郅支单于，他是多么可靠而又忠心的人啊，他自降为婿又多么合情合理啊。汉元帝和石显们都忘了，早在十年前的公元前43年，这个人早已经率部重回了漠北。

放虎归山，老呼韩邪在十年里整理内务，统一匈奴残部，而汉朝的当权者们这整整十年里却将南匈奴人从自己的生活中剔去了。

一方高昂，一方轻视。高昂有高昂的自信，而轻视却有轻视的无知，高昂者明知不可为而为之，轻视者却糊里糊涂地对他们的高昂视而不见。于是，戏剧性的一幕就出现了：老呼韩邪单于不要宗室女，而要汉元帝的嫔妃。这样的要求不论从大汉的礼仪来说，还是从匈奴的收继婚制来说，都有点悖于常理，一个臣服于汉皇的人，要娶皇帝的老婆，这从姿态上是要和皇帝平起平坐，而以匈奴的角度来看，则是父死子娶，兄死弟娶，这是盼着多病的刘奭早死呢。但压根没把老呼韩邪放在眼里的刘奭完全没有从国家政治层面来思考问题，他竟然爽快地答应了，他说：“我的老婆多的是，赏你一个吧。”

就这样，后世广为流传的昭君出塞的故事诞生了：皇帝将他所有嫔妃的画像拿出来细看之后，将长得最丑的那个挑了出来，赐给了老呼韩邪。而在离别送行的时候，才惊讶地发现原来自己是将后宫中最美貌的女子送了别人，大为恼火，将当时的画工全部杀掉了。

这个故事出自《西京杂记》。这是中国古代最早的历史笔记小说集，我们熟知的“卓文君私奔司马相如”“匡衡凿壁借光”的故事都出于此书，且成为后世的经典。据传是东汉王莽的国师刘歆所著，但历代的研究者对此多有质疑。各朝的主流社会认为此书所载之事怪诞不经，多不足信，故而都将它视为伪造的野史看待。但既然不真实，不足信，就只能以虚构对待，把它当小说集看待。因而昭君出塞的故事就仅仅是个故事而已，不排除王昭君是老呼韩邪从汉元帝的众多嫔妃中亲自挑选出的可能。而别的史料中的请愿出塞一说就更有点不着边际了——一个连皇帝的面都见不到的宫女，在宦官当政的彼时，又凭什么可以请愿呢？

因为刘解忧解开了和亲公主短命的魔咒，再加之当时大汉在西域和匈奴上空的威势，所以此时的和亲起码在人们的认知中已经不算是白白送命的代名词了，因而对这个汉宫中寂寞无聊的女子来说，她应该是坦然从之，无悲无喜。

汉元帝像他的父亲那样，在和亲这件事的象征意义上郑重其事，他为她赐名：昭君。

《说文解字》说：“昭，日明也。”指彰明、显著、光明美好的意思。汉元帝想将大汉的光明带给匈奴，或是想以一个宫女来彰显大汉的光明，但不管怎么理解，他都是在祈求和平，他将自己的年号改为了“竟宁元年”。

这个疲惫的皇帝，想以一个女人来彻底换取江山的安宁，有点天真，有点息事宁人的潦草。

春潮滚滚，昭君出塞。关山的寒风还肆虐着大地，积雪还拥塞着驿道，满目干枯。因为是下嫁给一个藩王，婚礼自然比刘细君和刘解忧逊色了不少。但因为《西京杂记》，因为《乐府解题》，因为苏轼的红颜知己琴操等各色人等的不断演绎和诠释，王昭君的和亲却显得更为隆重庄严，也更煽情悲壮。

前人走过的路，她继续走，这路因而更加平坦，前人唱过的歌，她继续唱，那歌声便越发哀婉了。

秋木萋萋，其叶萎黄，有鸟处山，集于苞桑。
养育毛羽，形容生光，既得行云，上游曲房。
离宫绝旷，身体摧藏，志念没沉，不得颉颃。
虽得委禽，心有徊惶，我独伊何，来往变常。
翩翩之燕，远集西羌，高山峨峨，河水泱泱。
父兮母兮，进阻且长，呜呼哀哉！忧心恻伤。

从这首出自《琴操》的《怨词》我们足以体谅一个年近二十的女子远嫁的孤苦。与刘细君何其相似啊。天寒地冻，黄沙漫漫，昭君出塞，一曲《琵琶怨》便绝了这漫长的和亲路，静水深流，南飞的大雁跌落于平沙，落雁便是王昭君。

她站在了匈奴的大地上，那个与她素不相识的汉元帝也于当年七月一命归天。他们永无交集。

公元前31年，昭君出塞后两年，老呼韩邪单于死。

孤苦的王昭君向新皇帝汉成帝刘骜上书归汉：

“臣妾幸得备身禁脔，谓身依日月，死有余芳。而失意丹青，远窜异域，诚得捐躯报主，何敢自怜？独惜国家黜涉，移于贱工，南望汉关徒增怆结耳。有父有弟，惟陛下幸少怜之。”

身处异地的王昭君，尚不知今夕是何夕，她以《报汉元帝书》真诚哀告，而敕令她从“胡俗”的汉成帝却正一面沉湎于酒色，一面手忙脚乱地应付着各地的起义大军，他来不及向她所在的方向多看一眼。在新皇帝心中，她已经成了一枚弃子。

王昭君只得再嫁老呼韩邪单于长子复株累单于，为他生下了须卜居次和当于居次两个女儿。她死心塌地地与他生活了十一年，这十一年被后世的文人们久久传唱，她的功绩被无限放大——王昭君一人遮蔽了所有的和亲者。

她代表了一个和亲历史的总和，一曲挽歌，一份沉甸甸的和亲名单：

公元前200年，汉高祖宗女嫁匈奴冒顿单于；

公元前192年，汉惠帝宗女嫁匈奴冒顿单于；

公元前176年，汉文帝宗女嫁匈奴冒顿单于；

公元前174年，汉文帝宗女嫁匈奴老上单于；

公元前162年，汉文帝宗女嫁匈奴老上单于；

公元前160年，汉文帝宗女嫁匈奴军臣单于；

公元前156年，汉景帝宗女嫁匈奴军臣单于；

公元前152年，汉景帝宗女嫁匈奴军臣单于；

公元前140年，汉武帝宗女嫁匈奴军臣单于；

公元前108年，汉武帝宗女细君公主嫁乌孙昆莫猎骄靡；

公元前103年，汉武帝宗女解忧公主嫁乌孙王军须靡；

公元前33年，宫女王昭君嫁匈奴老呼韩邪单于。

公元前20年，复株累单于死，王昭君寡居一年，郁郁而终。时年三十三岁，正是妙龄。

与刘细君的悲伤忧郁比起来，王昭君不及；与刘解忧的浑厚驳杂比起来，王昭君更不及；她的才华比不了刘细君，她对戍边的贡献也比不了刘解忧，但她偏偏以身后事赢得了千古名。

王安石说："汉恩自浅胡恩深，人生乐在相知心。可怜青冢已芜没，尚有哀弦留至今。"

曹雪芹说："绝艳惊人出汉宫，红颜命薄古今同。君王纵使轻颜色，予夺权何畀画工？"

正如她的名字那样，昭君者，不但光明的是她自己，更是她们这一行十二个人的庞大和亲队伍。

和亲的妙龄女子们，因为王昭君而在历史的长河中集体被照亮了，在那黑暗之中，在那旷野之上，她们用身体支撑了大汉文明边远一角。

而王昭君，是大汉和亲的终结者。

锈迹斑斑

一

公元8年，腊月的长安城正被一场持久的大雪所覆盖，人们蜷缩在家里对这场经年难遇的异象妄加猜测。穷人们因为寒冷而备受煎熬，那时候瑞雪兆丰年的农谚尚未出世，人们按照惯常的经验把这种鬼天气称为不祥之兆，于是，大家在冷得瑟瑟发抖的同时心上又结了一层浓霜。

然而，达官贵人的世界却是另一种热闹景象，他们披着羊皮大衣，围着火炉，心热得像那炭火一样冒着青烟，很多人做贼一样与门客密谋一件大事——他们连夜请了能工巧匠，寻得了长安城内上好的木料，赶制一块匾额。匾额的大小自是各不相同，遣词也力求新颖，长安城内比较知名的书法家那几天为四个字的匾额题字伤透了脑筋，有人写了“求贤让位”之后又写了“天告帝符”；有人写了“奉公忘私”之后又写了“功比霍光”；还有“周公再世”“高祖再生”等各种肉麻得令人呕吐的献词……办法总比困难多，后来，有人总算想到了新的应对之法，他们将四字句改成了八字句，寓意一下丰富开阔了起来——“汉历中衰，当更受命”“封墓轼闾，以光贤哲”等词句迅速蹿红，受此启发，后来还出现了长篇累牍之作，更有甚者还在木刻的字体上包了金箔，总之，凡是常人能想到的或是想不到的奇书异文都在这一行里爆发性地得到了淋漓尽致的表演。

待到匾额做好，贵人们便让家奴乔装成民间游士将匾额用红绸包裹送往城中心的王府——不是王爷的府邸，而是那个姓王的人的宅院。

临街的商贩们大多在自家门缝里见识了这一盛况，他们都被这一咄咄怪事搞得心神不宁，这让他们想起了近三年来那些试图攻入长安的反叛大军：声势浩大的南阳安众侯刘崇据说率领百余人进攻宛城，连城门都没有攻入就失败了；紧接着又是东郡太守翟义起兵，甚至拥立了严乡侯刘信为新皇帝，然后通告全国向长安发难，贼人赵明联合了长安以西二十三个县的势力也起兵响应，搞得长安百姓人心惶惶，以为要变天了，却没想到事态很快就得到了平息。这一次的造匾运动让他们误以为又会是一个什么别出心裁的造反密谋，人们同时发现，不仅仅是木头的匾额，坊间还流传出了专论禅让大利于百姓的图书，道家特制的命符也会在夜晚悄悄塞进各家的门缝。

有趣的是，事实与百姓们臆想的截然两样，不久他们就见到了那些送匾人归来，一个个欢天喜地的样子，他们边走边谈论着王府匾额惊人的数量、谁家的匾额最为出彩、谁又拿到了多少赏赐……

这样的事发生了几天之后，一个在太学念书的叫哀章的学生花重金用他直白的方式将这件隐秘之事大白于天下，他请人赶制了两方黄铜做的小柜子，并在柜面上各自写了“天帝行玺金匮图”和“赤帝行玺某传予皇帝金策书”，哀章在黄铜做的金光闪闪的简册上言之凿凿地声称：高祖将传位于摄皇帝，太皇太后应该尊承天命将帝位授予王莽。当然，他还明确要求，新皇帝继位后应该授予他公字辈的爵位并委以重任。

人们这时才明白，确实要变天了。

——消息很快从朝廷内部传出：做了三年假摄皇帝的王莽，从年老力衰的太皇太后王政君手里接过了传国玉玺，那被王莽一直抱在怀里当做一件道具的三岁皇太子刘婴像大人一样昭告天下，把他的皇位禅让给了王莽。

人们一觉醒来，发现自己的大汉变成了“大新”，住了一辈子的长安变成了“常安”，官方的文书将初始元年改成了“始建国元年”。皇帝由刘姓变成了王姓。面对这突如其来的惊天变故，长安城的百姓一时没回过神来，就连那些颇有见识的读书人也对禅让一词闻所未闻。

人们沉浸在这场变故的种种疑点中，他们怎么也想不通那个长寿的王太皇太后在统治了天朝几十年后怎么就轻易将玉玺交给了一个外姓？他们更想不通那个三岁的皇太子怎么能够说出禅让这样的新词？当然，这些对长安城的普通百姓来说除了能做深冬腊月的谈资外都毫无意义，重要的是，紧接着新皇帝颁布的一系列政令彻底打乱了他们的生活——奇形怪状的各种钱币纷至沓来，五铢钱被大泉五十等六泉和大布黄千等十布代替，皇帝开始雷厉风行地搞国有化，废除奴隶制，建廉租房，建平价市场……皇帝的疯狂让有识之士想到了风雨飘摇这四个字。

这注定是一个英才辈出的年代。相较于大汉天下的惊天巨变，欧洲世界进入了希腊化时期，罗马帝国纵横西方，国际社会发生了两件影响后世的大事，其一是数学家兼天文学家索西琴尼计算出了一种新的历法，被罗马独裁官儒略·凯撒采纳后于公元前45年1月1日起执行，这种被称为儒略历的历法后来被修订为格里历，也就是今天的公历纪年；另一件便是耶稣降生。而在大汉一朝，王莽的国师——汉朝皇室贵族刘歆编制了世界上最早的天文年历《三统历谱》，并对中国圆周率的计算做出了卓越贡献。

如果我们把目光专注于大汉王朝，就会发现，一些不被人注意的小人物在那个狂乱的年代也能搅动天下风云，比如陇右成纪人隗嚣就是一个例证，想必当初向王莽举荐他的刘歆在其生前也不曾料到，一个小小的元士会成为刘汉光复一统的最大障碍。

二

张骞在出使西域之前曾是伴随皇帝左右的郎官，这种职位听起来很高级，能让人误以为郎官就是皇帝的亲信或随从——是可以随时与皇帝讨论天下大局的重要人物，然而准确地说，郎官就是现在的后备干部，在真正入仕之前，有的是御前护卫队的队员，有的是智囊团的文员，真正能见到皇帝面的并不多。元士和郎官基本是一个属性。班固在《白虎通·爵》中说："天子之士独称元士何？士贱不得体君之尊，故加'元'以别诸侯之士也。"也就是说，当新朝开始的时候，隗嚣因为略有才名，被刘歆举荐而成为了皇帝的门客，并未真正服务于新朝。

国有化空想主义者王莽的疯狂改制，并没有真正解决西汉末年的土地兼并以及流民问题，反而因为多次北伐周边的少数民族政权和大兴土木导致物价暴涨，民不聊生，米价甚至达到了每斛（1斛=1石，1石=10斗=120斤）黄金一斤的天文数字，可爱的皇帝这时候竟然异想天开，派亲近的侍卫赶赴关中各地，教饥民“煮木为酪”之法。

王莽注定要为他不合时宜的改制埋单，于是乎，各地反莽运动纷纷而起，大大小小数十支起义队伍在全国开花，更有以吕母为首的女性起义军领袖率万余众出没于海上，成为中国历史上出现的农民起义的第一个女领袖。

最著名的起义军有两支，一支发轫于南方新市（今湖北省荆门市京山市），他们聚集于绿林山，占山为王。新莽地皇四年（公元23年）二月，“绿林军”拥立汉景帝刘启的后人刘玄为帝，定年号为“更始”。另一支起事于山东莒县，以泰山山区为根据地，在与王莽军队作战时为了易于区分，士兵们统一将眉毛涂成红色，故而号称“赤眉军”，公元23年，拥立大汉皇室后裔——民间放牛的刘盆子为帝，定年号为“建世”。至此，中原大地风起云涌，南方的绿林军和北方的赤眉军作为战斗主体，对垒军前，展开了长达四年的持久战，而那些像吕母一样的小集团力量，分布于全国各地，隐没于山林沟壑，时而出世呐喊，时而又蛰伏修炼，倒给乱成一锅粥的新政凭空增添了几分血腥的妖娆。而那个叫隗嚣的人，却在这期间站在陇首之巅，看着天下英雄的笑话。

事实上，一开始，隗嚣并不是一个野心勃勃的人，他甚至一点儿不具备军阀们所特有的粗粝和凶狠，他以一个传统文人的内敛和矜持勉力维护着自己好不容易树立起来的自尊，这一点他像极了早年的王莽——在世家大族中，勤而好学，为人谦恭，知书通经，小有声名，他们的成功都具有“无心插柳柳成荫”的偶然性，是被时代洪流裹挟推进的产物，而在各自的内心深处，他们依然把自己看做是一介文弱儒生，在锐意进取中优柔寡断，这也是他们一同落败的根本原因。

隗嚣的人生其实是对王莽的一种仿写，连开头和结局都相似得趋于一致。

公元23年七月，更始帝刘玄以所向披靡之势向长安逼近，国师刘歆与人密谋欲劫持王莽投降，不料风声走漏，刘歆含恨自杀。伯乐死了，千里马便失去了价值。后备干部隗嚣在混乱的长安城待不下去了，只得回归陇右成纪（今甘肃静宁与秦安交界）故里。

陇右地界虽然距长安不远，却既有南北走向的陇山相隔，又有东西走向的秦岭相阻，作为边塞之地，此时尚且太平，与中原大计还无搅扰。刘玄的节节胜利让天下人渐渐看到了汉室复兴的微弱希望，各地起义军便渐渐向更始政权靠拢。隗嚣的叔父隗崔此时联合陇右各族决定起事投靠刘玄，对政治毫无想法的隗嚣出面劝阻叔父："夫兵，凶事也。宗族何辜！"起兵是危险的事，您这样蛮干，会连累大家的。

作为宗族领袖的隗崔听了隗嚣的话，极不高兴，心想：你一个丢了公务员身份的无业游民，还能管得了我的事。但隗崔也是个聪明人，侄儿毕竟是侍奉过皇帝的人，也不好驳斥他，于是，便将隗嚣晾在了一边，自个儿和杨广等人一合计，就发动了起义。隗崔着实没料到，他这一起事竟是势如破竹，很快就攻下了平襄（今甘肃通渭）和镇戎（即天水郡，王莽时改为镇戎郡），还一不小心将王莽镇戎大尹的头也砍了下来。这一飞冲天的成功来得太过迅速，照在他身上的光环太过耀眼，当台阶下黑压压一片的将士对他山呼将军的时候，年过半百的族长竟被吓得一个趔趄，他蓦然发现，那些追随他的人，却都冲他哈哈大笑，他一下子明白了"宗族何辜"的真正含义，那一刻他冷得直打哆嗦。他突然坚决地说："老子不干了。"隗崔说完甩袖而去。这一下场面尴尬极了，众人面面相觑，不知所措。隗崔显然是害怕了，他不想当这个出头之鸟，但他也有自知之明，自忖不能胜任。后来有人推举杨广来干，杨广是外姓人，哪还敢接这个茬。群龙无首之际，有人提到了才学兼备的隗嚣，没想到一时应者云集，等隗嚣被众人簇拥着坐在上将军高位的时候，他还如坠云雾。等各方跪拜完毕，隗嚣才缓过神来，他的目光从众人的脸上缓缓掠过，从他们那无辜的、憨厚的、惊喜的、凝重的各色眼神里，他读懂了陇右的大局，读懂了自己之于陇右的意义，他良久才掷出一言："既然令我主帅，那就都得听我的。"

像那时候所有的反莽运动一样，反莽是为了兴汉，只有名正言顺才能稳立于刀光剑影的乱世江湖，隗嚣自是明白这个道理——在他掌握了陇右大权的上半场，他确实也是以践行这个目标而站稳了脚跟。于是，在军师方望的建议下，隗嚣"承天顺民，辅汉而起，设立高庙，称臣奉祠"。传檄文布告郡国："汉复元年七月己酉朔……申命百姓，各安其所，庶无负子之责。"

隗嚣开局的第一件大事，就以这样庄严肃穆的方式通告了全国。于是，十万之众一夜簇成，重拳出击。上将军隗嚣纵横捭阖，攻雍州，平安定……仅仅用了半年时间就扫平了陇右。

几乎没人怀疑过隗嚣对于汉室的忠诚，就连帮助隗嚣取得陇右天下的方望也没猜透他真实的内心，这个犹疑不定的上将军，在奔袭杀伐的勇猛背后，依然有着书生式的隐忍和怯懦，而这种他从不示人的性格缺陷反倒成了他明哲保身的一个筹码。

刘玄入主长安后，天下局势并不明了。隗嚣并没有听从方望的建议拒守陇右，他像大多数乱世军阀一样，情愿或不情愿地向刘玄靠拢。事实证明，这一选择是明智之举，隗嚣轻松地把自己和陇右势力消解于中原群雄的混流之中——向汉称臣既可以摆明当初起事的初衷，又可以化解各方势力对陇右的敌视，他甚至大义灭亲将叔父隗崔欲叛归成纪的密谋告知了刘玄，从而借刘玄之手将陇右势力中对自己有威胁的枝丫斩断。隗嚣的这两波一心向汉的软操作不但保留了陇右的军事实力，而且巩固了自己在陇右军中的绝对领导地位。

隗嚣在刘玄那里受到了优待。他被封为御史大夫，陇右旧部也进入了短暂的休整阶段。这是隗嚣性格中凡事做最坏打算的隐忍给他带来的好运。很显然，这也并不是他投靠刘玄之初筹谋的结果，如果说有天意，那么他被推举为主帅，并在此时真正掌管了陇右军事的两个步骤，便都是无心之举。

公元25年，刘秀与更始政权公开决裂，于河北鄗南千秋亭登基称帝，这时候，汉室宗族出现了三位并立的皇帝。紧接着赤眉军和刘秀大军两面进攻长安，夹击刘玄。看到刘玄败象的隗嚣力图与众同僚劫持刘玄而东归刘秀，他重蹈了当年老师刘歆犯下的错误——很快事败。幸运的是，在老师的前车之鉴下，隗嚣率数十骑突出重围，逃归天水。遂又召集部众，占据故地，自称西州上将军。这是他性格中怯懦不自信的因果：假如刘玄在与赤眉军和刘秀大军的决战中占了上风，想必隗嚣也不会摇摆不定，他往后的人生说不定便会踏踏实实做一个汉臣终老，然而，正是刘秀的称帝，激发了隗嚣的野心，或者说，正是刘秀的崛起让隗嚣看到汉室光复变得缥缈而遥遥无期了。

在公元23年到25年的三年间，中原地区的风云变幻快得令人头晕目眩，武装势力像急切上岸的潮水一般一波接着一波向长安涌来。人们才刚刚见证了新皇帝王莽被一个名叫杜吴的商人杀死，被公宾将头颅悬于宛市之中，百姓们“共提击之，或切食其舌”。紧接着，就有更始帝刘玄投降赤眉军再被杀。随之刘秀又与赤眉军在关中激战。而偏安陇右的隗嚣则拒守险要，乘机招贤纳士，自立之心日显。

这时候，人们再次翻看隗嚣布告郡国的檄文，才注意到了“汉复元年”四个大字。而那一年，正是新莽地皇四年，亦是刘玄更始元年，显而易见，隗嚣以“汉复”之意，树立年号，纵然没有称帝，却用了帝王开辟新年号的规矩，天下人这才明白，隗嚣复汉的招牌只不过是个噱头而已。

三

诚然，隗嚣书生式的隐忍和怯懦性格让他在乱局中成就了陇右霸业，但正是这种观望之态让他坐失了开拓疆土的大好良机。狭隘的眼界和格局造就了隗嚣悔恨交加的后半生。

光武帝建武二年（公元26年），刘秀派大司徒邓禹于云阳西击赤眉军，不料邓禹的裨将冯愔引兵叛离，向天水撤退，隗嚣出兵在高平大破冯愔。这一战，也并非是隗嚣有意向邓禹献媚——此时的刘秀集团在隗嚣眼中还不值一提，隗嚣只不过是不想让他人进入自己的地盘，也是自保的必要手段之一。而这种凑巧让当时势力微弱的刘秀误以为是隗嚣对自己投诚的一种暗示，于是，在邓禹的举荐下，刘秀便派专使持节至天水，封隗嚣为西州大将军，得以专制凉州、朔方政事。

更始政权落败后，长安城三辅（以渭城以西属右扶风，长安以东属京兆尹，长陵以北属左冯翊，以辅京师，谓之三辅）中的士大夫和有名望的乡绅都纷纷投奔隗嚣，隗嚣礼贤下士，“名震西州（泛指中原之西的广大区域），声闻山东”，达到了霸业最为辉煌的巅峰。

赤眉军数十万大军一起涌入长安，建世帝刘盆子作为傀儡皇帝并无实权，而赤眉军内部的实权人物三老、从事等大多都是粗野的文盲且各怀鬼胎，因而在军纪军容等方面毫无约束，他们像数十万强盗，烧杀抢掠无恶不作，再加之恰逢关中大旱，在“人相食，白骨蔽野”的现实迫使下自乱了阵脚，时日无多便撤出了长安。而更为愚蠢的是，他们在粮草不济之时竟然偏走陇右，不料“逢大雪，坑谷皆满，士多冻死”。其时隗嚣正当强盛，又有关山、秦岭天险，很快便将赤眉军击败，尾追至乌氏、泾阳之间（今平凉、泾川一带），致使赤眉军后来再次东进长安。这又一次的自保，让已经归顺于刘秀的隗嚣在外人眼中彻底成了刘秀的“西州大将军”，而对隗嚣来说，他压根就没把刘秀放在眼里。

此时，陇右势力与强大的赤眉军相较自是难以匹敌，但尾大不掉且又像无头苍蝇一样胡乱安身的赤眉军并无多少战斗力。如果隗嚣以西州大将军之名乘胜急出陇右，像刘秀那般开疆拓土，那么刘秀日后彻底击灭赤眉，扫平关东便绝非一路坦途。遗憾的是，他的书生怯懦和观望之态让他坐失良机，等刘秀统一了中原乃至以东的全部疆土，回过头来面对隗嚣的时候，一切便来不及了。

待刘秀日渐坐大，依然力求自保的隗嚣采用权宜之计，派使者去往洛阳谒见光武帝，刘秀对隗嚣大加夸赞，以国宾之礼相待，适逢陈仓人吕鲔拥众数万，联结四川公孙述，进攻三辅，隗嚣又协助征西大将军冯异平息了敌患，刘秀在见到隗嚣派使者奏报的军情时，亲自手书长篇大论，以赞扬隗嚣的忠义，并表决心“自今以后，手书相闻，勿用傍人解构之言”。两个集团的关系达到了外观上的水乳交融之态。然而，两人心里自是明白，这种“恩礼”外交，只不过是暂时维持局面的一种讨好手段。

不得不说，隗嚣在割据陇右十年的霸业中，造就了陇右百姓一定程度上安居乐业的繁荣局面，相较于中原不断战乱和饥荒的惨象而言，那便是难得的太平了，这是隗嚣“素有名，好经书”的书生温和带给陇右百姓的福气，也是隗嚣能与刘秀抗衡的一个真正缘由，然而，对于东汉将近两百年间与西域的关系，甚至是往后一千多年间中原地区与西域的发展来说，隗嚣的割据都是一种大罪。

如果说张骞是开拓丝绸之路的一把钥匙——他以一种大无畏的探险精神于无意间真正打开了中原通往西方世界的大门，而卫青、霍去病等就是用中原的金戈铁马蹚开丝绸之路的楔子，那么，王莽便是用大国主义强权政治慢慢将那些楔子封存于大漠戈壁的铁锈，而隗嚣就是第一个关上丝绸之路大门的人。

刘氏天下自西汉建国，由忍气吞声接受匈奴的凌辱开始，经过多代皇帝的励精图治，至汉武帝中晚期才转危为安，使“漠南无王庭”，其后为了经营西域费尽了心血，至公元前60

年，西汉政府才在乌垒城建立西域都护府，西域正式纳入大汉国家主权，而王莽对西域诸国的歧视政策，则激化了双方矛盾。

王莽想当然地认为，那些个西域小国弹丸之地连大汉朝一个王爷的封地都抵不上，对大汉的纳贡也远远不及一个王爷上缴的税收多，他们领土那么偏僻，交通那么不发达，又如此贫穷野蛮，怎能与新朝的皇帝相提并论，封他们一个侯爷的爵位已经是很给面子了，不能由着他们的性子来。端坐于未央宫，为自己不同凡响多措并举的改革心潮澎湃的皇帝，这时候心里装的是整个天下。他心中的天下，绝不仅仅是一个大汉朝，或者是西域那些微不足道的小不点——恰好那时候国师刘歆将重新修订的《山海经》进献上来，他便指着首页的一张地图说，这都是朕的天下。王莽不知道，那张地图与今天的世界地图十分相似。

从今天的21世纪“穿越”到公元初的王莽，决意将之前西汉政府赐予匈奴单于的“匈奴单于玺”改赐“匈奴单于章”，而西域各国国王都封为“侯”，这一降级，便引起西域大乱，再加上西域都护府自身反莽，投靠匈奴，致使匈奴迅速重新控制了西域的大片区域，尽管莎车国对大汉忠心耿耿，联合附近小国与匈奴对抗，但也只能是力求自保，导致大汉苦心经营的西域政权功亏一篑。

在中原连年混战的十多年间，后来以“窦融归汉”闻名于世的河西五郡大将军窦融，以“河西殷富，带河为国”的先见之明，联合酒泉、金城、张掖、武威、敦煌等太守及都尉“共全五郡，观时变动”。窦融以宽和的安民政策，休养生息，阻击匈奴，使得河西“上下相亲，晏然富殖”。这在一定程度上为东汉政府日后争得西域控制权奠定了基础。而隗嚣割据陇右，又让一心归汉的窦融与刘秀政权千里相隔，从而中断了中原与西域的联通，丝绸之路至此遭到毁灭性破坏。

四

然而，形势对于隗嚣极为不妙，他的那种摇摆不定的政治立场和力求自保的军事策略，在愈来愈明晰的天下局势面前，就显得十分不合时宜，甚至有点愚蠢。如果说此时既然已经明了再也无法击败刘秀集团，倒不如坚定立场，彻底归顺刘秀，也不失为一种明智的保全之举，但一心想占住那一亩三分地的隗嚣，竟然犯了与王莽同样的错误，区别只在于，王莽心中的天下是普天之下，而隗嚣心中的天下却仅仅是陇右这片池塘，却不知豺狼环伺，岂能苟存？

事实上，很多时候，生存的法则并不是人不犯我我不犯人的这种和谐状态，而是我不犯人人却犯我。隗嚣想必是早就料到了他即将要面对来自东方的刘秀和来自北方的窦融的两面夹击，却没料到那股一直暗藏在四川盆地的力量会率先将他逼进两难之地。

公元25年四月，自称辅汉将军兼领益州牧的公孙述在成都称帝，国号成家，年号龙兴。他甚至比同年六月称帝的光武帝刘秀还早两个月，从这一点上便可看出，公孙述比隗嚣更有作为军阀的政治素养，起码敢作敢为，大大方方，因而，他在对待隗嚣的态度上就有了一种居高临下的胁迫之意。

就在隗嚣与刘秀称兄道弟的得意之时，公孙述连番几次出兵汉中攻打刘秀，遣使以“大司空扶安王印绶”授予隗嚣，隗嚣自然看不起公孙述，两下里撕破了脸面，便出兵迎击蜀军，将公孙述打回了老巢。刘秀正好借机敦促隗嚣伐蜀，而隗嚣却以三辅兵力单弱为由，搪塞不前，刘秀此时便意识到，隗嚣终究是他统一天下的障碍。为了缓和紧张的局面，隗嚣将长子隗恂送去了洛阳。大家心知肚明，人质而已。尽管这样，隗嚣仍然觉得天下大局未定，他隐忍多年，还得做最后一搏，这一愚蠢的决定，让他大失人心。

建武五年（公元29年）的夏天，窦融归汉，刘秀授其为凉州牧。也就是说从这一刻起，隗嚣节制凉州的权力便彻底结束了，他与刘秀到了不得不刀兵相见的最后时刻。强敌三面压顶，险象丛生。不久，公孙述再次侵犯南郡（今湖北荆州），刘秀让隗嚣迎敌，隗嚣推辞，刘秀便亲率大军至长安，派遣建威大将军耿弇等从陇道伐蜀，隗嚣本能自保，便与刘秀公开决裂。

刘秀建武八年、公孙述龙兴八年、隗嚣汉复十年，即公元32年，刘秀派太中大夫来歙和征虏将军祭遵攻伐陇右，浩荡大军从丝绸之路陇山段要道“番须道”和“回中道”袭击陇右重镇略阳郡（今甘肃秦安县陇城镇）。

为了阻击来歙进犯，隗嚣派部将王元进驻陇右关山（陇山之首，今甘肃天水张家川），王元“伐木塞道”，将曾经繁荣一时的丝绸之路要道摧毁，大关山地区史上第一次声势浩大的“关山战役”正式打响。

而早在公元27年，刘秀就曾派太中大夫来歙出使陇右，来歙对陇右地形和隗嚣军事布防有过深入勘察。但有备而来的来歙，却在王元有悖常理的阻击战中铩羽而归，王元乘胜追击，兵进关中，却不料又被来歙反败。来歙直入略阳，杀死隗嚣守将金梁，在略阳建立东汉政权在陇右的第一个根据地。隗嚣只好上书与刘秀求和，但被刘秀强硬回绝，隗嚣不得不向公孙述称臣，以求联蜀抗汉。

略阳失守后，第一次被敌军攻破地盘的隗嚣十分惊惧，亲率数万之众从天水入白驼（今甘肃天水清水），经桐岭湾，过箭子川道，绕龙山镇围攻略阳。惊魂未定的隗嚣使用了

“斩山筑堤，激水灌城”这样极端而残忍的作战手法，从一个温文尔雅的陇右领袖一下子畸变为一个暴虐凶残的大众军阀，从而大失民心，酿成了覆亡的恶果。而这一战，不仅令兴盛的丝绸之路毁于一旦，更重要的是，陇右略阳自此万劫不复。虽然几百年后，从这里走出了英明神武的苻坚大帝，但也无力让略阳郡从根本上复原，自此，陇右天下，才将重心彻底转入了天水郡。

而后，刘秀亲率大军入陇右征讨，与窦融会合，分兵夹击，隗嚣败逃回天水，部下“大将十三人，所属十六县，十余万部众皆降汉”。

在那个酷热难熬的夏天，仓皇而逃的隗嚣像一只惊弓之鸟安静地端坐于天水大将军行署衙门，想起方望及那些先后离他而去的耆老士大夫，心中不免一阵悲鸣，不由得感慨天命难违。在他的野心令他狂躁的这许多年里，他从没有像今天这样独自一人，这样一动不动地坐着，透过刺目的阳光来看远处的南山。

坏消息越来越多，王元入蜀求救尚未返回。天色将晚的时候，大将军杨广匆匆赶来，却在他面前欲言又止，他像一个沉默的门神一样立在阶下，急促的喘息声在空荡荡的大厅里回荡。隗嚣愣愣地看着杨广，突然想起那随着刘秀作为质子的儿子，才发现，自从他与刘秀决裂的那一刻，他隐秘坚守的争霸大业早已没了退路。

刘秀围了上邽（今甘肃省天水市清水县），给守城的将士讲了一个故事。大将军田弇命人将故事传回了天水，等传到杨广这里的时候，就只有田横和黥布两个人的名字。将士们不通文墨，话越传越少，当然有些话他们也不敢直接传回来。

田横和黥布，两人都是秦末的起义军领袖，田横为齐国贵族，后自称齐王，先被项羽攻击，后又受刘邦抑制，率五百壮士进入孤岛，后为众人生存计，归顺刘邦，遗憾的是，他归顺后，又自杀以谢天下，而那五百壮士也一起随他自刎而死；黥布原名叫英布，在秦时获罪，受过面部被刀刻后涂上墨汁的黥刑，起义后，先投靠项羽，后归附刘邦，被封为九江王，最后因谋反被杀。

隗嚣与田横和黥布的命运何其相似，饱读经书的隗嚣，当然明白刘秀的用意，他知道刘秀把他看成了出尔反尔的黥布，他讲出这两个人的故事，无非是希望他能像田横那样降汉而接受封赏。但现实面前，隗嚣自是深知，不论他学田横还是黥布，结局其实并无两样。于是坚定不降。刘秀随即杀了作为人质的隗恂，分兵直逼天水，杨广战死，阿阳人王捷自杀明志，隗嚣被困于天水城。

王元从蜀地搬来的五千救兵直到天寒地冻的十一月才赶至天水，与隗嚣里外迎合，隗嚣得以逃往冀城（今甘谷）。随后刘秀大军因为粮草不济，只得退回关中，陇右大片之地再次复归隗嚣。

汉军退去，纵然解了隗嚣之围，但陇右兵力业已被毁大半，从一年多的惊惧中松懈下来的隗嚣猛然垮塌，疾病缠身。在那个艰难而漫长的冬天，垂死挣扎的隗嚣在阴冷中回顾了自己的一生，他至此才明白，他和王莽之间，只不过是不同人生的同样复述。他心有不甘却又无能为力——他一直在寻找王莽式霸业的另一种有效路径，却仍然难免殊途同归的下场。而此时，属于他的世界正慢慢将他抖落，他和他的陇右霸业已经迎来了命定的沦亡和寂灭。他知道，公孙述也一定会紧逼而来。

建武九年（公元33年）的春天，疾病缠身的隗嚣在奴婢的搀扶下，缓缓走出房门，他闻见了春天泥土的香味，看见了遍山桃花的娇艳，他迎着阳光，推开奴婢，慢慢向那桃花伸出干枯的手臂。而他终究没有触及桃花，世界反而就此彻底黑了下来。

隗嚣死后，他的二儿子隗纯为王。建武十年（公元34年）十月，来歙攻破落门（今武山县洛门镇），隗嚣的汉复天下至此落下帷幕。共计十二年。

风生水起

一

公元32年，正是壬辰龙年。这一年史学家班彪的二儿子班超降生。

其时正是东汉光武帝刘秀建武八年。建武是刘秀的第一个年号，也是东汉的第一个年号。这个年号共持续了32年，班超在这个年号里长大成人。

而这一年也是陇右军阀隗嚣汉复十年。

亦是西南巴蜀公孙述龙兴八年。

中国版图第一次出现三分天下的对峙局面，然而遗憾的是，当刘秀“得陇望蜀，一统天下”的宏伟大计慢慢实施以来，隗嚣渐次式微，这一年已是苟延残喘，郁郁将死之势。

有趣的是，在隗嚣名满陇上，声震中国的时候，四方游学的文学青年班彪为避战祸而至陇右天水投在了隗嚣的麾下。此时隗嚣正广招天下才俊，意欲自立，门客日众，而在众星璀璨中，一头扎进了历史故纸堆里的班彪反倒显得平庸无常。

底气不足的隗嚣，在自立之前，与手下一干人等进行了多次试探性的谈话。他逐个约他们私聊：“有人怂恿我做皇帝，你觉得怎么样?”

在官场混久了的人都知道，这其实不是个问题，识趣的人都立即举双手赞同，大赞上将军早该“承天顺民，辅汉而起”，但偏偏游学不辍，未入政坛的愣头青班彪不识趣，他慨然质问道：“做皇帝是天命，现在人人都念着大汉的恩德，你凭什么?”然后，班彪不顾隗嚣铁青的脸色，自顾自地给隗嚣上了一堂历史课，这让隗嚣内心本已激腾起来的火焰一下子灭了下来。

主子不高兴了，后果其实很严重，但班彪还以为自己的一番话说服了隗嚣，于是在当天晚上，熬了个透夜，洋洋洒洒写了一篇《王命论》，核心的意思是“驽蹇之乘，不骋千里之途；燕雀之畴，不奋六翮之用；楶棁之材 ，不荷栋梁之任，斗筲之子，不秉帝王之重”。他说，破轱辘车和劣马配在一起，就不可能驰骋千里，像燕雀这样不起眼的小鸟，怎么可能远飞万里，你这种凡夫俗子，又没有栋梁之才，怎么可能担负得起帝王的大任。

毫无疑问，这种口无遮拦的文章一定引起了隗嚣的杀心。但他的大儿子、史学家班固在他所写的《汉书》中为其父作传时，却说："知隗嚣终不寤（悟），乃避地于河西。"班固用一个"避"字，含混而巧妙地道明了班彪遭受排挤，甚至有性命之忧故而远遁他乡的境况，变被动为主动，给了父亲一个台阶下。而后人皆知，班固作《汉书》，是在班彪的研究成果上归纳总结，班固是站在了父亲的肩膀上名扬天下，再加之他对历史的书写，个人情绪掺杂得太多，这让他的才华大打折扣。

班彪远走河西，投奔河西大将军窦融。窦融一心归汉，两人倒是意气相投，班彪在这里得到重用，窦融真正归汉后，他被推荐为司隶茂才，后任徐县的县令，不久因病而辞了官职，一心在家研究史籍，后来在丞相、太尉、御史大夫等三公（汉代实行三公九卿制）的合力推举下，晚年做了一个望都长的官职。

而在班彪之前数代，班氏一族均是西汉的高级官员。

因而，我们大致可以看出，在班超和班固，以及妹妹班昭的成长过程中，他们并不是家境贫寒的低微出身，基于这一点，我们才能为班超投笔从戎的故事确立一个真实的背景，也才能从其中看出班超少年时的壮志雄心。

南北朝时代的南朝宋国的史学家范晔在其所著的《后汉书》中为班超树传，开篇便说“家贫，常为官佣书以供养”，而这时，不但他的父亲在外为官，他的哥哥班固也被朝廷征召为校书郎。

校书郎是一个专为皇家编纂图书的郎官，是一个有身份和编制的公务员，一家有两个拿朝廷俸禄的官员，再说家贫就有点矫情了。

史学界有一个未解之谜，班固和班超均生于公元32年，因而历代对他们的兄弟关系多有质疑，但从汉明帝永平五年（公元62年），班固被人告发私改国史，含冤入狱，班超诣阙诉冤，得明帝召见为哥哥平反来看，他们兄弟之间肯定有着深厚的手足之情，至于为何史料记载他们同年而生，我们不在这里深究，但由此我们可以得出结论：并非家贫。

当然，不同阶层的人对家贫的理解并不一样，有人住不了豪华别墅，不能周游世界，谓之家贫，而有人刚够温饱，恰能自足，反而生出丰盈的幸福之感。但我们只从普通百姓的视角认识理解，班超如若贫穷，则一定是精神上的匮乏。

——父亲和哥哥他们都做官去了，班超和母亲生活在洛阳。他在官府谋取了一份抄写文书的差事，班超的故事才徐徐展开。

班家兄妹，受父亲的影响极大，但哥哥班固占了先机，抢先接了父亲的饭碗，妹妹生得比较晚，也跟着哥哥去修《汉书》，一个女娃儿，在那个年代能做异于常人的事，本就难能可贵，并不问前程。但与哥哥年岁相差无几的班超，若是再跟着随了大流，就显得无趣了，在找不到建功立业出口的那些年里，班超自是过得艰难。

二

班超永远忘不了，他在官府当临时工那几年的憋屈和郁闷。

他的心里总有一个远方在激烈回响，那个远方不同于哥哥的修史，但却与父亲的身影有着万千的联系。可他偏偏找不到。

他屈服于笔案间，日复一日地等着那个细碎的声音渐次热烈起来。

他着急，却又耐心。他不轻易做出选择，他非要等到那个远方清晰起来，等到那个回响宏大起来，他的目标异常清晰：以取封侯。

“以取封侯”对现在的底层公务员来说，无异于异想天开，但在两汉时期，却是许多有识之士一生的理想，而这个理想往往一不小心就会实现。真正有胆识、有才学的年轻人，只要跨入国家郎官的门槛，毕其一生在国家层面做出巨大贡献，封侯就不是空谈。前人的例子比比皆是，卫青、霍去病以战功封侯，张骞、苏武以气节封侯，这些人往后的成功与他们的出身并无关系，需要的只是一点点运气。

运气就在于察举制。两汉选拔人才，以地方推荐为主，考试为辅，这与唐宋以后以考试为主、推荐为辅的科举制截然相反。人才经过推荐后，国家所用之才都要经过中央考试，以便测试才能的高下，这样方可以才而论官职大小。

西汉高祖时，被司马迁认为与屈原并称的贾谊就是察举制下的一个典例。贾谊少有才名，十七岁被推举到河南郡守门下，深受器重，在贾谊的辅佐下，河南郡政绩卓然，综合考评位列全国第一。汉文帝登基后，便将河南郡守升为廷尉，而郡守趁机举荐了贾谊。二十一岁的贾谊有幸面见皇帝，文帝以天下时事对他面试，贾谊对答如流，文帝便立刻对他委以博士之职，一年后又因其精辟的见解和改革的策略而破格提拔为太中大夫。

从贾谊的仕途中我们可以看出，察举制对优秀人才的破格任用的确提供了一条快捷有效的通道。你若有才，招之即用，考试也并非形式，都是实实在在的校验和测试。但整个国家之下，并不是所有的才华都能被皇帝看见，也不是所有被推举上来的都是饱学之士，在人情和制度的博弈下，人情大过制度，自然会滋生滥用职权的不公平现象，因而察举制在东汉时，便加大了考试的份额，但推举仍然是重点。

三十岁时，班超仍然和一帮小子在官府写材料，写着写着他便为自己的人生而生出感慨，有时候，他将毛笔扔在桌上，口生怨气："大丈夫怎能就这样窝囊地苟活一世呢?"自然就有人嘲笑他："这年头，能有口饭吃就很不容易了，还想怎么样?"班超知道与那些人自是讲不清道理，便也不争辩。下班之后，他忧心忡忡地在大街上行走，遇见一个算命先生，随口问了一下前程，不料那算命的瞎子就和所有大惊小怪的瞎子一样，拉着班超的手就是一通猛夸，说您"生燕颔、虎颈，飞而食肉，此万里侯相也"。班超自然大喜，重赏了算命的瞎子。这个故事听起来像个笑话，但我们也能从中看出一个三十岁的年轻人面对遥遥无期的未来而心生的焦虑。

事出恰巧，不久后，哥哥案发，班超去皇宫为哥哥喊冤，见到汉明帝。等班固的冤屈平反，皇帝突然有一天就想到了班超，问班固你弟弟现在干吗呢。班固说在给官府抄写文书，奉养老母亲呢。皇帝一高兴，就说，让他去做个兰台令史吧，在御史中丞下面抄写文书，做编辑校对吧。

运气就这样不经意间到了，但却与班超的志愿相去甚远，他仍然没有逃离那令他讨厌的抄写工作。不同的仅仅是有了编制，工资也翻了几倍，但班超在意的不是编制和工资，他不想就这样一辈子陷在竹简里枯燥地抄抄写写。在这样的懈怠下，上班就成了问题，他成了典型的不守规矩的人，迟到早退成了常事。很快，“问题青年”班超就被御史中丞找碴开除了。

那么，剩下的唯一一条路就只有“投笔从戎”了。

《后汉书》对永平五年到永平十六年间（公元62年—公元73年）的班超只字未提，也就是说他从三十岁到四十一岁之间的这十一年，出现了一个空当，查无史料。而到了永平十六年，班超以假司马之职跟随奉车都尉窦固出兵匈奴，历史才为他翻开了新的一页。

因此，投笔从戎算得上是班超的无奈之举：他或许在洛阳城中做过几年的纨绔子弟，或许因郁郁不得志而烂醉于妓馆酒肆……但不管怎么说，在那个尊武抑文的年代，班超选择了从戎，选择了他向往的战场，选择了一无所有。他的选择成就了他。

在血腥的征战中，他以勇猛闻名。

他从一个普通的士兵杀到进入窦固的视线，耗尽了他人生中最为灿烂的青年时代。

而他在经年累月的军旅生涯中，才渐渐看清了他在官府抄写文书时隐约召唤着他的那道光环，才慢慢听清了远方那个一直吸引着他的微弱的声音。

父亲的身影变得清晰起来。

父亲身上背负的两条路，一条修史的路被哥哥抢先了，而剩下的那条在河西窦融门下的征战路才是属于他的。

这是艰辛的十一年，与他相比，卫青和霍去病的成功就显得有点过于轻松了——他们没有班超这样艰难的底层经验。当然，在大汉的历史长河中，他们并没有类比的条件，班超在他的一生中并没有经历汉武帝时期那样宏大的战争，他是深入敌后的特工，以小和巧取胜，而在国家层面上，他的成果却足以与卫青和霍去病比肩。

他们说，他以一己之力打开了封闭已久的西域大门，为东汉政权从匈奴手里夺得了西域控制权，让丝绸之路重生光芒，这并不是人人都能做到的事。

三

公元25年，东汉政权自光武帝刘秀在河北鄗南千秋亭登基称帝以来，经过长达十二年的统一战争，基本上顺风顺水毫无波澜，后世的史学家大多觉得东汉开国并未遇到项羽一样强硬的对手，反而没有衬托出刘秀的雄才大略，是故东汉政权并没有产生万世留名的谋士和将军。

这与王莽的空想浪漫主义不无关系。

王莽用自己独创的一套理论治理并影响了天下，在摧毁了西汉长期沿用的儒家思想的同时，他的散乱思想并未形成新的体系，而当农民起义此起彼伏的时候，所有揭竿而起的政权都急需要一个刘氏皇权的继承者，就连那个放牛的刘盆子也被推举出来做了皇帝，因而，各方政权都需要的是一个正统的标志，借此用来推翻王莽，反莽复汉是当时天下豪杰的一致认识，所以，当刘秀慢慢坐大的时候，大家便都以为刘秀是正统，人人都抱着归汉之心，反而失却了真正意义上的敌对。

敌人的力量被“王命”这个咒语落入窠臼。

然而，这又像是某种宿命，没有强大的开局支撑，便没有肥厚的土壤滋养。东汉在经历了四代皇帝之后，就进入了风雨飘摇的乱局。从公元25年刘秀称帝起到公元220年曹丕代汉止，尽管历经14位皇帝196年，但皇帝一个比一个短命，就像争先赴死一样，就像他们不愿多看这个世界一眼一样，他们有的甚至来不及将手中的接力棒送到儿子手中就一命呜呼了，历史接续下来的是一茬一茬的烂摊子，那么，东汉末年的动乱确实是命中注定。

公元57年，刘秀在南宫前殿逝世，享年六十二岁，在位三十三年。他是东汉一朝在位时间最长的皇帝。他在位期间，大兴儒学、推崇气节，从而造就了东汉一朝“风化最美、儒学最盛”的时代。

同年，刘秀的第四子，著名的阴丽华皇后的儿子刘庄继位。这一年，班超二十五岁，汉明帝刘庄二十一岁。刘庄赓续了光武帝的制度法规，继续提倡儒学，逐渐总揽政权，与儿子汉章帝刘炟创下了明章之治的丰阔局面。

遗憾的是，汉明帝刘庄活了四十八岁，他的儿子汉章帝刘炟活了三十一岁，而他的孙子汉和帝刘肇只活了二十七岁。

享年七十一岁的班超，于公元102年逝世，他死后三年，汉和帝刘肇紧跟他而去。

班超一人陪伴了东汉一朝的四位皇帝。

班超的鼎盛也是东汉的鼎盛。

自班超之后，东汉的皇帝们，要么像殇帝刘隆，刚满月时即位，八个月大就得病死了；要么像顺帝刘保，由宦官扶持上台，在宦官的挟持下艰难度日；灵帝刘宏时期，“十常侍”宦官把持朝政，黄巾军大起义，天下早已烂透了。

班超欣逢盛世。

既然是盛世，班超就占尽了天时地利人和。

而更幸运的是，东汉自立国时，因窦融久居河西，匈奴安定。

匈奴早已衰微。

时间回到公元前57年，西汉宣帝五凤元年七月，匈奴内部大乱，五大单于并立。

五大单于为争夺王位进行了一场规模宏大的互攻战，你来我往，并无章法。这场战斗持续了将近两年，直接导致了匈奴由盛走弱。汉宣帝采用御史大夫萧望之的建议“辅其微弱”，热热闹闹地看了一场大戏。此后，匈奴内斗不断，再也无暇与中原汉室抗衡，大汉王朝在西汉末及至东汉初年才得以喘口气来收拾内务。因而，中原地区尽管杀伐不断，但并无外扰。

好吧，大家都消停下来，互不干涉。

中国大地上，两个最大的部族都开始不约而同地窝里斗，就看谁斗得凶狠，斗得持久。一个农耕，一个游牧，当然大汉民族因着宗礼传承，因着先进的文明和技术，自然约束力更强，很快就达成了共识，还天下于刘氏。但匈奴人才不管这一套，他们不讲兄弟情分，不念礼仪旧情，只在刀刃和实力上见分晓，你不灭我，我便亡你。

他们的内斗持续百年。

单于的大位应该兄终弟及，但做儿子的如果有胆识，照样可以翻盘。秩序混乱了，便不讲王命了。儿子自立做了单于，别的儿子们、孙子们也都纷纷仿效自立，匈奴内部乱成了一锅粥。

及至王昭君之子伊屠智牙师成人，本有望继承单于大位，却又被舆单于暗杀，舆死，其子自立为乌达鞮侯单于。

公元48年春，占领着南方的那个叫“比”的老呼韩邪单于的孙子野心更大，他召集匈奴八大部落首领共商大事，又立单于。为了标志正统，比又自封为呼韩邪单于，与他的叔叔对立。

双方争来斗去，呼韩邪单于发觉形势对自己极为不利——他的部族夹在了乌达鞮侯单于和大汉朝廷的中间，若是这两家同时对付他，那他就成了肉夹馍了。于是，为了自保，比派人向东汉朝廷称臣。他的意思很明显，明面说要做汉室抵御北面异族的屏障，但双方都十分清楚，比是为了稳定大后方，企图借助东汉的力量以图北进。

历史往往不会按一两个人的意志来发展。呼韩邪单于的缓兵之计，反而将他陷进了中原文明的漩涡中，他一次次想拔身而出，却一次次越陷越深，最终将南匈奴一脉融进了大汉的血脉中，消融得不留痕迹。

公元48年，是匈奴部族历史上最为重要的转折之年，南北匈奴分庭抗礼，这直接深刻影响了世界历史的进程。

南匈奴成为东汉的附庸后，受到东汉政府的优待。东汉政府一方面对他们采取安抚措施，给予他们经济和军事上的最大支持；另一方面将他们的普通百姓进行分流，让大量匈奴人迁徙到内地，慢慢让他们适应农耕，中原汉族和匈奴人在生活习惯和文化结构上都发生了改变。

而北匈奴一脉则要艰难得多，与其说他们对南匈奴或者东汉有什么威胁，还不如说他们完全是为了生存。老呼韩邪单于死的那年，匈奴土地上突然发生严重的自然灾害，瘟疫肆虐，民不聊生，而自内战到裂变后，留居漠北的北匈奴，本来自然气候极差，再加之连年天灾，他们的经济力量大大削弱，而后又受到南匈奴和逐渐崛起的鲜卑两方势力的夹击，他们不得不将攻击和掠夺的目标转移到西域诸国，然而终究是鞭长莫及，在乌孙、莎车等国的反抗下，这种战略转移并无实效。为了生存突围，北匈奴也曾多次遣使向东汉请求和亲，但均遭到拒绝。所以，从公元65年起，北匈奴便不断袭扰、劫掠东汉渔阳至河西走廊的北部边塞地区。

与西汉和匈奴之间那种剑拔弩张的对峙关系相比，东汉政府就显得有点闲庭信步，仿若一个强壮的青年和一个七八岁的小孩玩耍，任你施展拳脚，我却岿然不动。但明显的事实是，和西汉那几位雄韬大略的皇帝相比，东汉的皇帝们无非是受了上天的恩赐和眷顾，蒙了他们祖先的恩德，他们是幸运的年轻一代。

在这种背景下，出使西域，其实并没有太大的险恶。

四

公元73年，汉明帝刘庄永平十六年，天下安定，国库充盈，东汉的百姓在难得的和平年代安居乐业。四十六岁的刘庄终于发出一声呐喊：该是收拾你们的时候了。

或许是刘庄已经感到了身体上的力不从心，或许是他高估了北匈奴的力量，他觉得该学一学汉武帝了，在他有生之年，他以为很有必要在历史的舞台上喊出自己的最强音。

他渴望的是一举平匈奴，速战速决。

于是，刘庄派四路大军出击北匈奴：祭彤率一万一千骑出高阙塞；窦固、耿忠率一万二千骑出酒泉塞；耿秉、秦彭率一万骑出张掖居延塞；来苗、文穆率一万一千骑出平城塞。

这一次，刘庄势在必得。

但有趣的是，他射出去的四支箭，只有窦固、耿忠一支兵至天山，和北匈奴呼衍王打了个照面，呼衍王不敌而败逃。窦固、耿忠乘胜追击至蒲类海（今新疆维吾尔自治区东部巴里坤湖），攻占伊吾卢（今新疆维吾尔自治区哈密市西），大胜。而其他三支箭甚至连匈奴的影子都没碰到，无功而返了。

窦固应该算得上是东汉早期最有军事才能的将领之一，当然，他的功绩和历史光辉依然与卫青、霍去病、李广等无法相提并论，但在将军匮乏的东汉彼时，他也是一枝独秀。窦固继承父亲的爵位而封显亲侯，原本顺风顺水，但因窦穆犯罪而受牵连，被去官在家赋闲十多年。匈奴的突然一声呐喊，才将暮年的刘庄唤醒，拜其为奉车都尉，耿忠为他的副手。

窦固久旱逢甘露，主持军队，对他手下的能兵强将做了一个摸底调查，勇猛的班超就出现在了那个名单上。将军给了班超一个假司马的军职。司马和从事是汉代军队将军的左右手，从事主要负责军政，司马主要对士兵进行管理和训练，假司马就是副司马，相当于处长和副处长之间的关系。窦固对班超十分信任，任他为假司马时，并未在他上面再设司马，也就是说班超其实是代理的一把手。

班超带领先遣部队独立攻击伊吾卢，在蒲类海大获全胜。

在汉匈之间的无数场战役中，这本是一场稀松平常的追击战，但恰恰因为这四支队伍中，唯独班超打了一个漂亮的胜仗，他的战绩就被无限放大，成了东汉的宣传部门大肆吹捧的对象。

那时，他们太需要一个英雄来向北匈奴和西域证明自身，班超就成了他们造出来的一个英雄。

为了彰显班超的勇猛，刘庄甚至将未到达指定地点作战的祭彤、吴棠以渎职罪贬为了平民。

班超的名字被舆论的软操作推上了热搜。

在伊吾卢城中，窦固为班超举办了声势浩大的庆功宴，他让西域各国的探子们近距离清晰地看到了班超的样貌。窦固用极为夸张的措辞和声调大赞了班超的勇猛。

探子们迅速将消息和班超的画像传回了各自的国家，国王们一个个心惊肉跳地将班超仔细看了又看，他们隐隐感觉到，战神班超即将降临。

火候到了，窦固对班超说，去吧，我将在这儿设置宜禾都尉，留官吏士兵屯田为你做后盾。

班超说，与谁同行？

窦固想了想说，让从事郭恂做你的副手。

这是个很滑稽的组合，两个原本平起平坐的人，在出使西域的路上，班超成了郭恂的上级。

就这样出发了。一个不足百人的小分队堂而皇之地进入了鄯善国。鄯善国举国震惊，鄯善王对班超“礼敬甚备”。但北匈奴的使者闻风而至，鄯善王夹在两难中不知所措：虽然汉军大破了北匈奴，但并没有遇到匈奴主力，北匈奴依然控制着西域大多数国家，他们虽然想脱离匈奴，但又摸不清汉朝的实力，班超只是一个神话。鄯善王想，你们先斗斗，哪个赢了就听哪个的。于是，班超率领三十六人的敢死队，乘夜用火攻杀了北匈奴使节。鄯善王大喜，得偿所愿。

《后汉书》受了《汉书》的影响，为人立传喜欢用小说的笔法来详细描绘故事情节。将班超在鄯善国的故事讲得异常精彩，但最大的贡献是为后世提供了“不入虎穴，焉得虎子”的成语。

范晔写道，班超在行动前说“灭此虏则鄯善破胆，功成事立矣”。后有史学家杜撰鄯善举国震怖。但在彼时的背景下，归汉正是他们希望的结果。

班超班师向窦固复命，以此功升军司马。而后窦固又令其出使于阗国，再杀匈奴使者，使得于阗国归汉。接着，又平定疏勒。在这样的左右腾挪中，“西域诸国皆遣子入侍。西域与汉朝关系断绝六十五载，至此又复沟通”。

张骞通西域后，为了控制西域诸国，西汉政府在乌垒城建立西域都护府，正式行使国家主权。汉宣帝任命郑吉为第一任西域都护，其级别相当于郡太守。至西汉末年，前后任西域都护的共有十八人，而有史册记载的则仅有十人。王莽时期，西域诸国不听中原号令，遂罢都护，而到东汉光武帝建武二十一年，因匈奴骚扰，西域十八国联名请求东汉重新设置都护府，但光武帝觉得时机尚未成熟，便没有答应。

班超出使西域后，直至汉和帝刘肇永元三年（公元91年），才将兵长史班超升任为都护，驻扎在龟兹国。

班超在西域整整三十一年，先后平定了西域五十多个国家，甚至派甘英出使罗马帝国（东汉政府称其为大秦）。

他的一生正好应验了算命先生的旧话：“生燕颔、虎颈，飞而食肉，此万里侯相也。”

定远侯班超提出的“以夷制夷”的方针政策成为对后世影响深远的军事战略之一。他为贯通丝绸之路，削弱北匈奴力量，促进民族交融等做出了卓越贡献。

公元100年，班超因年迈请求回国，整整两年后，才回到洛阳，被拜为射声校尉。不久后便病逝，享年七十一岁。死后葬于洛阳邙山之上。

后人称其为“班定远”。

五

公元73年的这一场远程攻击战，成就了窦固和班超。但随着汉明帝的突然离世，东汉政权只好罢兵休养。待班超逐渐控制了西域诸国，北匈奴在天灾人祸中每况愈下，先后有大批小部落南下归附汉朝。北匈奴力求自保，再也无力统治依附于他们的其他游牧民族。

广阔的北方草原，从来都是弱肉强食，此消彼长。匈奴衰微之际，曾被匈奴冒顿单于击败的东胡，开始慢慢再次向西发展。

东胡分两部，以山名作族名，号称乌桓和鲜卑。其后鲜卑壮大，公元87年，鲜卑大破北匈奴，杀死优留单于，致使其内乱。公元89年往后，窦固多次出击北匈奴，于公元91年的金微山（今阿尔泰山）战役彻底将匈奴人赶出了蒙古高原，北匈奴被迫迁往中亚。

匈奴又经过将近一百余年的聚合分散，于公元216年彻底终结了单于王朝。

惊蓬坐振

一

如果我们的脚步放慢一点，就很容易深陷于大汉的泥沼而无法自拔。仅西汉一朝，那么多的铁血英雄和悲凄的美女都在丝绸之路的大道上唱响过轰轰烈烈的生命绝响。自张骞开拓以来，即便是冷僻的关山荒陌，也因着旌旗、生铁、霞帔和诗歌而呈现出令人神往、敬畏、私窥的炯炯之光。

万里赴戎机，关山度若飞。朔气传金柝，寒光照铁衣。将军百战死，壮士十年归。

一个接一个的英雄凋谢在通往西域的大道上，万里之外的天空被缓缓撕下了绷紧的面纱，神秘的异域他乡在中原大众的想象中一下子变得明朗起来，中国文明借此猛然涌向世界，英雄的力量渗入长道的泥泞，壮丽的华光提醒了无序的野蛮，乱世因而得以安静，后人才会在这一片嘹亮的合唱中流连往复，念念不忘。

昭君出塞，班固既往，中国的神经渐次松弛了下来，而当历史的声响走过大汉的29帝，走过407年的辉煌，却又剧烈摇晃起来。

东汉末年，外戚专政、宦官专权的东汉政权内部动荡不安，南匈奴多次反叛，居于河西、赐支河和湟河之间的西羌部落及逐渐力强的鲜卑一族不断袭掠边塞，本已归于中国版图的西域诸国被中原政权无力地放弃了，就连拽着西域的风筝线——河西走廊也被战火斩断。大汉一朝四百余年在西域的基业和对丝绸之路的经营随之一点点衰退，丝绸之路沿线各部又回到了最初的野蛮和粗俗。

“苍天已死，黄天当立，岁在甲子，天下大吉。”汉灵帝光和七年（公元184年），当巨鹿人张角高声喊出这一句的时候，头扎黄巾的贫苦农民将历史丰满的篇章撕去，中国的大地开启了艰险而激烈的通达之战，西域和丝绸之路便缥缈得如同刘细君哀婉的歌声，停留在了《史记》和《汉书》等一些伟大史书的竹简中，而幸好有这些清明的文字，我们才能在另一个英雄崛起的时候，将前世与后来的路径轻易地连通。

而在这乱世之中，在平定丝绸之路和复通西域的伟大征程中，我们不得不第一次将一直下沉的目光向上倾斜，投向一位忧郁的帝王——他虽然没有亲自踏上西行的征讨之途，但他以宏阔的谋略为中国与世界的交往流通做了最为艰难的持守。这也是我们需要重新审视他的一个新的角度。这个人就是魏文帝曹丕。

当然，从中国版图的全貌来看，曹魏政权并不能代表整个中国，无论从军事还是政治、经济、文化等方面看它都是残缺的，说白了，有点类似于王莽时期的隗嚣，又有点类似于南北朝时期的苻坚，它薄弱而坚韧，但在丝路文化的长河里，它却能代表那个时代的整个乱世。

说起曹丕，就必然要说到他的父亲曹操。

公元195年，南匈奴在反叛、投降、再反叛的阴晴不定中，再次沿黄河而下，占据了黄河流域的诸多个郡县。

中原大地，满目疮痍。

这一年的春天，曹操兵袭定陶，大破吕布，平定兖州，随后东攻。十月的时候，东归洛阳的汉献帝于饥饿中任命曹操为兖州牧。

匈奴流窜于中原，而中原军阀又各自忙着争地盘、迎献帝，寡居家中的东汉辞赋家蔡邕之女蔡文姬（蔡琰）被匈奴左贤王掳去。这是比和亲更让人羞耻的恶性事件，然而在那样的乱世，人命如草芥，后人除了扼腕叹息，连那能够指责的对象都找不到。

蔡文姬博学多才，在文学、音乐和书法等方面天赋异禀。写出了《后汉书》的范晔说她："端操有踪，幽闲有容。区明风烈，昭我管彤。"明末清初的著名学者、诗人，"岭南三大家"之一的屈大均又说："缇萦能代父，蔡琰不宜家。玉石同焚后，芳声振海涯。"是啊，端操有踪，幽闲有容的蔡文姬像一个普通妇女一样屈就于匈奴，我们无法知道，一个才华横溢的文学家在耻辱和愤懑中经历了怎样的内心磨难，她在抗争中度过了艰难的十二年，并生下两子，但她始终无名无分，我们能够猜想到，她的每一天，都在向这个世界发出尖锐而高亢的呐喊。

建安十一年（公元206年），曹操统一北方，东征西讨，用金璧从匈奴那里将蔡琰赎回，并将她嫁给董祀。蔡琰归汉后，作《悲愤诗》两首，第一首为五言古诗，开创了中国诗歌史上自传体长篇叙事诗的先例，以末尾的"托命于新人，竭心自勖励。流离成鄙贱，常恐复捐废。人生几何时，怀忧终年岁"来感慨乱世流离。第二首是一篇骚体诗，以与孩子的断舍离开篇，写尽了中原的破碎山河，庭院里的艾草和屋檐下的荆棘，还有那无法分辨的累累白骨，她孤零零一个人，向死而生。这两首诗共计一百零八句，五百四十字，字字啼血。

这是中国女性知识分子的灾难，也是丝绸之路的灾难，我们在这场灾难中看到了诗歌，看到了《胡笳十八拍》，那“惊蓬坐振，沙砾自飞”的壮烈，震撼了乱世的男人，惊动了刀剑上的寒光。

公元216年，曹操拘留南匈奴末代单于呼厨泉单于，将南匈奴打散分成五部，分别安置在陕西、山西、河北一带。与两汉相争了四百余年的匈奴一脉，至此退出了历史舞台。

道长且阻，丝绸之路断绝了，那个叫曹丕的人慢慢从历史的幕后走向了台前，开通丝绸之路的重任落在了他的肩上。

那么，我们就从公元217年说起吧。

这一年正是建安二十二年。

二

建安二十二年，尘烟滚滚的军阀割据乱局已初步落定。相比过去的许多年，这一年的天下之争还是比较温和的。二月的时候，曹操再次南下进攻孙权，与吴军在濡须口叫阵，从国际大势来看，这一场战争确实有点小孩子过家家的顽皮之态——挟天子以令诸侯的曹公心中自是明白，战与不战已无关痛痒，但作为“皇家权势”必然要有个一统天下的态度，也好叫百姓们认清孙刘皆是汉室大贼，当然，曹公也有私情，四年前他在濡须口折了面子，孙权的那张小纸条上说的“足下不死，孤不得安”的嚣张始终令他纠结难安。闹出点动静，吓唬一下孙权才是他心中所愿。“生子当如孙仲谋”的孙权一眼就看透了曹操的心思，在春水方生的江南地界，他高姿态成全了曹操，拒守后退走，待曹操引军北归，孙权遣徐详请降，二人和解。曹操因此获得封赏，拥有了和皇帝一样的出警入跸。孙权乘机南下征讨册越，收复了丹阳四郡，势力大增。

而让曹操没想到的是，随后不久，刘备发兵进攻汉中。汉中为益州（今四川等省）门户，“若无汉中，则无蜀矣”。曹操知道，这一役刘备志在必得。汉水之战是继赤壁之战后三国历史上耗时最久、规模最大、战况最激烈的一场战役。虽然从表面上看，蜀军长途跋涉且兵力远不如魏军，但进攻之师必然是做足了准备，而魏军连年征战，兵力匮乏，再加之技术失误，战况不利。曹刘两家在汉中对峙将近两年，最后以曹操放弃汉中而落幕，三足鼎立的天下大势至此成为定局。这是曹操晚年深感羞耻的一笔。

但正是因着这一场战争的牵动，曹操才痛下决心，立五官中郎将兼副丞相曹丕为魏太子。曹丕与曹植艰苦卓绝的夺嫡之争至此落下帷幕，而由曹操亲自操刀的这场两大阵营的对垒，在顺利完成了对汉室重臣的重新洗牌之后完美收官，至于后世揣摩的司马门事件仅仅是曹植落败的一个引线，而非终极目标。两个儿子打架，牵动的是他们身后的阵营力量，只有搅动时局，才能坐稳曹氏天下，这一点，曹操从着手布局伊始就已经了然于胸，这场争斗他要的是对儿子们的历练，求的是最能为王称霸的那颗雄心，而恰好是汉水之战，助了曹丕一臂之力。

消息即将传来的时候，曹丕正铺开竹简，挥笔写下了第一段话：

“文人相轻，自古而然。傅毅之于班固，伯仲之间耳，而固小之，与弟超书曰：‘武仲以能属文为兰台令史，下笔不能自休。’夫人善于自见，而文非一体，鲜能备善，是以各以所长，相轻所短。里语曰：‘家有弊帚，享之千金。’[illegible]不自见之患也。”

这是他后来闻名于世的《典论·论[illegible]思熟虑，常常萦绕于心的肺腑之言。[illegible]然。”道的是文人的风骨，说的却是自己心中[illegible]时候，三曹并立，声名显赫，而建安才子多聚于曹植与曹丕门下，所谓文人相轻也无非是父亲对自己的轻视，兄弟对自己的发难，说白了还是夺嫡之争的阴影令他无比感伤，他知道，父亲对

合格证
检验工号：23

曹植的喜欢是发自内心的喜欢，但他不知道的是，那仅仅是一个作为文学家的父亲对一个文学才华横溢的儿子的喜欢，却不是一个帝王对继承人的激赏。这一切多么隐秘，多么高明，睿智如曹丕者也未能看清父亲的手段。因而在成为太子之前的最后时光里，隐忍而忧虑成了曹丕的情感主脉，他不得不委曲求全，以仁义和诚心来扭转父亲对他的偏见。

五官中郎将其实是一个很尴尬的角色，大概相当于曹操丞相府的总管兼禁卫军统领，但魏王之上还有一个皇帝撑着，纵使没什么大用，可皇家的仪式和排场还在，终究对曹魏政权有些影响。曹丕夹在曹操势力和汉室势力中间，左右掣肘，日子自然过得并不痛快，而作为魏王次子的曹丕在这个位置上一干就是六年，这六年来，曹丕时常感到力不从心，如履薄冰，无数个夜晚，他都是在甄姬的琴声里，手捧竹简，仰天长叹。

这是个爱流泪的男人，具有落魄文人的一切忧郁品质，与魏晋时期的那些放浪形骸或是自命清高的名士们截然不同，内敛而伤情成就了他。就是在那样皎洁的月色里，只要有甄姬的琴声，就会有曹丕孤单而清冷的身影，他斜倚栏杆，泪水涟涟，月光打亮露珠，也打亮他的泪珠，这样的情形也会出现在霏霏的淫雨里，他的泪水和着雨声将他心里心外都淋湿了。这是常有的事，甄姬对这一切了如指掌，但她从不说破，他们的爱情就维系在这琴声和这眼泪里。和那些不幸的婚姻不一样的是，他们并不是不爱对方，而是爱得太深——他们在属于自己的漩涡里各自努力挣扎，见面却是水火相克。

并不像坊间传言的那样，甄姬不爱曹丕，只有甄姬自己知道，是不能爱，爱他就等于毁了他。在太子之争那场无声而又艰苦卓绝的战役中，他只要走错一步，就可能万劫不复。甄姬只有克制着离乡凄苦的煎熬，心里默念一万次“子桓，对不起”来抵抗他的炽热挚爱，她冷如冰霜地对他，却唯独只有她理解他的苦楚和眼泪，也只有她知道这个男人是个敏感而内心柔软的且会偷偷流泪的男人。犹如一个自卑者的两面，他的世界只要有太多的柔情，他就会停下那沉重而艰难前进的脚步。

曹操曾无数次对他的二十多个儿子一一做过审视，在曹植和曹丕之间，他犹疑考验，欲决不能，但在内心深处，他始终觉得曹丕才是最像他的那一个：坦诚率真而又隐忍狡诈，豁达大度而又睚眦必报。他真的不喜欢他的儿子是和他一样的人，但在三国的乱局中，他的霸业却又需要一个和他一样的人来主持大局，列强环伺，内忧外患，非常人所能掌控。曹植终究是弱了一点，他对杨修、丁仪等人的依赖过重了点，而彼时曹丕身边的司马懿还尚未显露出野心，他心里的天平随着日月渐败而向曹丕倾斜了。

这个倾斜太过漫长，时间宽余得就像曹丕的一生。

三

大厦将倾的东汉王朝，在历经两百年之久后最终陷入了泥潭。自汉献帝被董卓迎立为帝，皇帝的命运就从来没有掌握在自己手中，先是董卓弄权，随后是王允和吕布专制，接着又是李傕、郭汜祸乱，这一乱险些要了大汉王朝的迟暮之命，汉室朝廷被逼离开长安，开始了长达一年的逃亡之路。史官们并未忠于自己的使命，仅仅是将一年的光阴一笔带过，而在这一年间皇帝和他的臣子们所受的屈辱与饥寒却是耸人听闻。中国历史上逃亡的皇帝不在少数，前有越王勾践卧薪尝胆，后又有北宋徽、钦二帝的“靖康之耻”，基本上都是国破山河不在的下场，是国家机器无能，而献帝却是不幸，最大的区别是勾践和徽、钦二帝被俘后便已不再是君王，但刘协在逃亡路上依然是一国之主，臣子是他的臣子，百姓亦是他的百姓，可臣子和百姓又不把他当回事，他所到之处，除了能看见一片一片的跪拜之外，连一碗粥都讨不到，就仿佛被人敬着的佛像，是泥塑的胎，他不得不与跟随他的臣子一起睡茅庵挖野菜，在饥寒交迫中清高度日。就这样，汉室朝廷在这种坚持中开启了献帝一朝的第五个年号建安纪年，将大汉的命脉再续了二十五年。

这是大汉王朝名存实亡的二十五年，也是未来的魏文帝曹丕艰苦奋斗的二十五年。

建安元年（公元196年）的七月，凉州军阀李傕的部下杨奉在李、郭二人的争霸中自立门户，率部将汉献帝护送至洛阳落脚，但杨奉毕竟势单力薄，一月后，曹操占得先机，将刘协迎回许县，“奉天子以令不臣，修耕植以蓄军资”。曹氏天下的大幕自此徐徐拉开，汉献帝封曹操为司空，领车骑将军职。而安顿下来的汉室朝廷，终究还是军阀手中的护符，逃不过被人挟制的命运，皇帝和他的百官们就像囚笼里的鹰隼，纵然展翅，也是折翼自伤。

这一年，曹丕才刚刚九岁，能出口成文，品论时局，也能开弓射箭，骑马驰骋，深得曹司空喜爱。

多年以后，曹丕回想起他第一次在家中拜见汉献帝的情景，总觉得恍惚而如梦幻，他在叩拜的人群中偷眼看着百感交集的落魄皇帝，心中不免生出怜悯之意，那一刻，他还不曾料到自己将要和这个可怜的皇帝为敌为友二十五年。

曹丕当然还不能想到，在拜见了皇帝的两年后，他见到了那个被皇帝称作皇叔的刘备，但时值吕布攻占了徐州，他的兴趣都在骁勇善战的吕布身上，反而对刘备的印象不太深刻，这让他后来为当时小瞧了那个投降他父亲的人而深感遗憾。

曹丕太小了，他对自己的未来一无所料。

建安二年（公元197年），曹丕十岁，国内社会发生了两件大事，一件是袁术称帝，一件是曹丕的大哥曹昂死了。袁术称帝的消息甫一传到许县，满朝震惊，以孔融、董承、杨彪、伏完等为首的汉室重臣，一面哭天抢地地上殿申诉，一面义愤填膺地撰文笔伐，一时间，袁术成了众矢之的，窃国之贼。在司空府静坐的曹操听到这一消息，不禁拍案而起，高呼妙哉，他知道，那个莽夫袁术必将因为他的愚蠢而一败涂地。果然，天下局势如曹司空所料，各地诸侯纷纷联盟，进军讨伐袁术，而袁术内部也因此众叛亲离，先是给袁术献了玉玺的孙策趁机从袁术手里借了一支兵马回到江东自立，赚得了人生第一桶金，袁术随后又与吕布反目。坐观天下的曹司空在时机成熟之际，亲率大军征讨袁术，袁术溃逃到淮南，两年后呕血而亡。

袁术成为天下诸侯的笑料，将乱糟糟一团的天下抖起摔下，使乱者更乱，然而，袁术此举却将天下英豪的雄心壮志一石激醒，军阀们猛然明白自己这么东征西伐究竟为了什么，于是，踌躇满志的曹司空在将皇帝攥在手里的第二年，便开始了他号令诸侯的艰难征程，他的雄心壮志是一统天下。

那么，从哪儿开始呢？这是一个艰难的抉择，曹操比谁都明白，一着不慎，他将如董卓一样成为炮灰。在司空府的议事大厅，他的臣子们叽叽喳喳地争吵不休。那时候，曹司空还是一个犹疑的人，他最器重的谋士戏志才刚刚死了，那个由荀彧新近举荐的郭嘉却站在那里一言不发，而与他自幼为伴的荀彧尽管忠诚勤恳，但毕竟还不能同心同德，曹操其实心里有一个答案，但他需要一个能对他的答案加以佐证的人站出来与他呼应，可惜的是，没有人站出来说话，曹司空打量着在人群中傲然而立、不屑一顾的郭嘉，便明白这是他们君臣之间的一次相互考验。待群臣散去，郁郁寡欢的曹司空闷声闷气地出了议事大厅，在华亭看见曹丕带着曹植玩，他愣愣地看了一会儿，才发现他的二儿子已经长大成了少年，他很惭愧，这么多年，他竟然没有注意到他的成长。满脸稚气的曹丕没弄明白父亲为何会那样深情地看他，对父亲向来敬畏的孩子缓缓移步过来，仰脸懵懂地望着父亲，曹司空烦躁的心一下子安静了下来，他突然想和孩子开个玩笑：这天下的敌人中，你最想先消灭哪个？

曹丕想了想说：宛城张绣。

曹司空凛然一惊，问：为什么？

曹丕说：卧榻之侧岂容他人酣睡。

对呀，张绣势力不大，又对许都威胁最大，这么简单的道理，他堂堂司空还有什么犹豫的。曹操哈哈大笑，拍了拍曹丕的肩膀说：我儿是否愿意随父出征？曹丕果敢地点了点头，他干净的眼神里满含着喜悦和渴望，曹丕一点儿也不曾料到，他这刚一展翅，天就黑了下来。

这一年的春天来得略微早一点，正月尚未结束，曹司空就带着他的人马出征了，春寒料峭，远处山顶的白雪闪着银光，万物尚未复苏，枯黄的野草像卷曲的羊毛一样紧贴着大地。万籁俱静，曹丕骑马跟在父亲身后，他的右面是血气方刚，意气风发的大哥曹昂，大哥一边走还一边给他讲了很多行军途中的应变之能，告诉他每临大敌如何保护自己。在曹丕心中，大哥其实很像父亲，而父亲反而遥不可及。曹丕好几次回头张望茫茫一片的浩荡大军，心里只觉得大哥才是亲人。他并不喜欢身后那个叫典韦的黑脸大汉，继而对父亲身边的将军们也无好感，他已经读了很多书，熟知孔孟之道，如果不是天下大乱，他倒真的喜欢做一个像孔融那样的读书人，受天下士子的尊敬和膜拜。这时候，他就有点气恨那个叫刘协的皇帝了，无能，太无能了。

曹操自己也没料到，宛城之战太过顺利了，准确来说，其实不叫战役，张绣这个外强中干的家伙甫一听到消息，就率军投降了，曹操大喜，庆功宴后一激动就硬要纳了人家的婶娘为妾，张绣是跟着叔叔张济混江湖的，婶娘自然便和亲娘一样重要，岂能让人这样欺负，不久便夜袭曹营。这一战在曹操一生的杀伐中并不十分要紧，而对十岁的曹丕来说，却是改变了他人生的走向。

这一战险些要了曹司空的老命，如果不是大哥曹昂拼死掩护，曹丕的小命也就早丢了。曹丕从睡梦中被大哥拉起来，只听得喊杀震天，火光冲天，他跟着大哥左杀右砍，与父亲会合，他和父亲骑着大哥的战马突围的时候，他一直回头看着大哥。曹丕一生都无法忘记大哥被一戟穿心后向他做出的最后一个微笑。那个笑容太过诡秘，他始终没有弄懂大哥为何要在拼死一战时对他那样微笑，但那个笑容却一直烙在他的记忆里挥之不去，成了他余生每想一次都要心疼的内伤。因着这个微笑的遮蔽，曹丕甚至在后来忘了安民哥也死于那次战役，而那个他不太喜欢的黑脸大汉典韦以一己之力与上百人大战，他如狮子一般的嚎叫如果不是父亲时常提起，他也不会记得。后来，父亲如何以散兵残余击败了张绣追兵，他了无印象。就是这一年的十一月，父亲再次亲征张绣，收复了许昌以南的全部失地，他也记忆并不深刻。倒是大哥诡秘的微笑时常困扰着他，令他常常彻夜难眠，他幼小的心灵受到了战争严重的创伤。生死之变如此简单，而草率的代价又如此之重，他长久地陷入对大哥的怀念和愧疚之中。曹丕最终没有弄明白，他一生的惊惧到底是不是大哥之死造成的，但随着日月渐增，他由此便坚信只有权力才能改变一个人的命运，改变天下的命运。

曹丕的人生随着曹昂的去世出现了翻转，就像有一个手掌，猛然之间将他从屏风后面推到了人世的舞台前，令他猝不及防，他茫然四顾，满场都是伪善的笑脸和谄媚的欢呼，他仿佛进入一个陷阱，一不小心也会像大哥一样尸骨无存。他在懵懵懂懂中被推向了风口浪尖，自此踏上了他的军旅生涯，人生也处处布满了荆棘。小心呀，小心，他缓缓地踏出了第一步，而这一步，就确定了他往后步子的基调。

四

他被迫站了出来，在懵懂无知的年纪过早地承受了政治绑架。一个鲜明的事实摆在眼前，他将是继承曹氏家业的第一人选，但他断然没有想到，小他五岁的弟弟曹植却异军突起，在他的诸多弟弟中成为最刺眼的那一个。在曹操攻克邺城的七年时间里，曹植以他的天纵之才赢得了父亲的无尽宠爱。而在这七年里，曹操南征北战，曹氏集团步步危机，群僚们一再建议，早立世子，有备无患，曹操当然知道，早点确立世子对集团势力的巩固有多么重要，但当他看到才华横溢而又年幼的曹植，终究不能痛下决心，谁都知道，他要在他的儿子们中选一个最优秀的继承霸业，他才能安心。

为君之道，唯有文治武功，方能雄才大略。不能说曹丕不优秀，而是曹操的儿子们，优秀的太多。曹昂死的那一年，曹操的小妾环夫人生了一个儿子曹冲，谁都没有想到，曹冲长至五六岁，就以他的聪敏惊艳群雄，以至后人将他的智力夸张得神乎其神，说他的智力心思超过大人，但曹冲的确又是那样完美，他博学多才，仁爱宽厚，常常对不慎犯错的小人物施以援手，“赖以济宥者，前后数十”。曹操曾多次在群僚面前盛赞曹冲，于是，曹操在等待，在他的三个优秀的儿子中，他在等曹冲慢慢长大。然而不幸的是，建安十三年（公元208年），十三岁的曹冲病死。曹操悲痛不已，懊悔在不久前错杀了华佗，他对曹丕说：“此我之不幸，而汝曹之幸也。”

一个孩子死了，另外两个孩子的争斗便正式开始了，正如曹操说的，这是我的不幸，却是你们的幸运啊。这一年，曹丕已经二十一岁了。

在三国风云中，建安十三年，曹魏政权发生了太多大事。曹操为了抑制汉室朝廷，废止了太尉、司徒、司空等三公名位，恢复了西汉旧制，自己出任丞相兼冀州牧，汉献帝这张王牌对曹氏集团来说已无足轻重了。这一年，著名的赤壁之战成为本年度的标志性事件，曹操急速向南扩张的脚步因此受到重创，天下大势由此渐次分明，至寒冬腊月，周瑜大败曹仁，乘势渡过长江，将势力扩张到了长江北岸。而刘备也在赤壁之战中获利，乘机占据了荆州的江南四郡，站稳了脚跟。曹操虽然在赤壁失利，但他此前西征凉州马腾，东征乌桓，巩固了后方根基，即使受损，也不至于乱了方寸。

而这一年，两个著名人物的死去，才是令曹丕无比痛心且至关重要的大事。八月，文坛领袖孔融被曹操以“招合徒众”“欲图不轨”“谤讪朝廷”“不遵超仪”等罪名满门绝杀，天下大哀，士子惊恐禁言，汉室老臣被震慑得无一人敢妄言。那个秋雨霏霏的清晨，曹丕站在城楼高处，远眺着悬挂于高杆之上的孔融，不胜悲凉，他以一个文人的悲悯惋惜于一代文豪的悲惨下场，却也从那副无人敢于问询的尸体上感到了他身后自己苦心维系的汉室重臣后退的脚步。是啊，这些年，他以一个谦卑的晚辈身份游离于汉室朝廷和曹氏集团，希望有一天，这些暗自相怜的力量可以成为他上升的阶梯，但孔融之死，无疑将他从那个虚幻的梦境里拽了出来，使他清醒地认识到，父亲终于斩断了那些对抗他、背叛他的枝枝丫丫，他现在就要回过头来，全心全意地梳理曹氏内部的各种力量，他就像突然被亮明了身份的尴尬闯入者，要在聚光灯下言明自己的理想和初衷，而这时候，他还没有准备充分。

从乌桓回来，三十八岁的军师祭酒郭嘉还是没有熬过那个冬天，在官渡之战中献出十胜十败之策的鬼才，也无法延长自己的天命，作为曹操唯一信任的至亲好友，在临死之时还是对曹操的家事没多说一句话。尽管他对曹丕并不厌烦，对曹植也没有曹操期待的那样喜爱，但在曹丕的感触深处，他依然相信，在册封世子这样的大事上，郭嘉一定不会乱了常理，但他终究没有说出自己的意见，这令曹丕失望至极。

于是，当两个孩子夺嫡的结果浮出水面，那个喜讯传来的时候，曹丕只微微一笑，内心竟是从来未有过的平静。他忽然想到，那一年父亲出征，曹植用一首超群绝艳的诗歌赢得父亲笑声的时候，他却只能用痛哭流涕来表达自己对曹丞相的不舍与忠心，那场痛哭，乃至后来多次的泪如泉涌，是多么滑稽而又悲哀啊。

他的哭泣在很多时候遮掩了他的文学才华，在这个时候，他想换个方式来表达自己对文学的认知——这个世界，除了辞藻华美的诗词，应该还有对时局与人心的批评；除了出口成章的曹植，应该还有文火慢熬的曹丕，世界的确不该是一种色彩，一种语调，他重新读了读之前写就的那段话：

“夫人善于自见，而文非一体，鲜能备善，是以各以所长，相轻所短。里语曰：‘家有弊帚，享之千金。’斯不自见之患也。”

他又读：

“文非一体，鲜能备善……”

他缓缓抬头，目光越过面前那个报喜之人，看到了庭院里儿子嬉戏的身影，接二连三的人进来，说话的一个比一个声音大，但他只听到了儿子的笑声如天籁般空灵，他长舒了一口气，提笔再写：

“今之文人：鲁国孔融文举、广陵陈琳孔璋、山阳王粲仲宣、北海徐干伟长、陈留阮瑀元瑜、汝南应玚德琏、东平刘桢公干，斯七子者，于学无所遗，于辞无所假，咸以自骋骥騄于千里，仰齐足而并驰。”

建安七子的英名由此远扬国际文坛，但他第一个想到的仍然是鲁国孔融文举，他不仅仅是敬重他的文学才华，内心里更是早就把那个口出狂言的老人看成了自己成功路上的第一个奠基者，其余诸人，都是他的幕僚。尽管孔融文章天下第一，把他列入七子，其实是拔高了其余六子的文坛地位，但从政治的角度考量，曹丕思考再三，还是把他放在了最后一位来写，而像杨修等站在不同阵营里的名士，他还是果断地舍弃了。至于郭嘉，早已成为曹丕内心深处的一个硬茧，在他称帝后，只说：“朕非戏志才，不帝也！”而“志才不死，郭嘉不出”的咒语被他刻意忘得一干二净。

五

尘埃落定，往事才慢慢浮现出来。曹丕不由得想到那个首次举荐他的名叫赵温的司徒，他们其实并不熟，多年后，曹丕才知道赵温举荐他是受了曹真等人的唆使，而这正是曹操不愿意看到的，或许，建安十五年（公元210年）的这次举荐，就已经为他的人生带来了障碍，要不然，父亲大人又何必兴师动众地让侍中守光禄勋郗虑持节奉策千里迢迢免去赵温的官职呢。但奇怪的是，第二年，父亲却在没有任何征兆的前提下，给予他重任，同时给了他五官中郎将和副丞相两个职位，如果从副丞相的角度来看，那他自然是曹氏集团的第二号重要人物，可遗憾的是，副丞相这个头衔太虚了，除了能代表他在汉室朝廷有一个正统的名分外，并无实用，朝廷的事仍然还是尚书台的中书令荀彧说了算，当然，曹丕也明白，这不过是父亲转移他人注意力的一个手段而已，父亲有更重要的事要做，与汉室周旋的这种小事，就交给他办了。事实上，他就是五官中郎将，给父亲打杂的助手而已，但曹丕领职上任的时候，并没想到这本就是父亲对他的历练和期待，这是一个人才培养的长期计划，父亲不在的时候，他可以全权处理事务，但他却总因为不能像弟弟曹植那样常伴父亲左右而心生委屈，而他的这种不满情绪才是导致他最终陷入夺嫡之争漩涡的重要因素。

但终归是有了名正言顺的职位，二十五岁的曹丕才可以在父亲不在的日子里昂首挺胸地看一看这个世界。一个占据高位的文艺青年，即使在无尽的委屈中也有了兼济天下的胸怀和闲情逸致的雅趣。在繁忙的公务之余，除了在心情差的时候听听甄姬的琴声消愁，心情好的时候，他还可以试着吟诗作赋，作诗不是他的强项，但身在曹家，这却是一项必备的生活技艺。他写得并不好，尤其是在父亲和弟弟面前，他向来自惭形秽，但他还是很努力地改变自己，有时候，写出来了，就让身边的文学好友看，尽管大家一片赞扬，但他还是很不自信，从来不敢把他的诗作公之于众。

二十六岁那年的清明，他们全家人在父亲的带领下去谯县老家上坟祭祖，从谯城南郊归来，一家人走在涡河岸边，春水荡漾，柳色青青，百姓安居乐业，与他们第一次回来的时候所看到的烟突火冒，尸骨如山的悲惨景象大相径庭，父亲一时高兴，便叫他们兄弟二人各写一首《临涡赋》助兴，这是父亲第一次以作诗来考验他，而弟弟可能是为了看他的笑话，故意谦让，让他先作，曹丕虽然诚惶诚恐，却胸有成竹。曹操没想到的是，他的儿子其实这一路上就在琢磨这首诗，他已经知道了笨鸟先飞的重要性。于是，曹丕放眼四野，略作思虑，便随口吟道：

荫高树兮临曲涡，微风起兮水增波，鱼颉颃兮鸟逶迤，雌雄鸣兮声相和，萍藻生兮散茎柯，春水繁兮发丹华。

曹丕话音一落，竟是众人皆惊，就连向来在父亲面前以诗文骄纵的曹植也没料到，他还未说出口的句子在这一首诗面前竟是黯然失色，以致他不得不在父亲面前撒了谎说还没有想好。曹植后来将他写的诗句与哥哥的做了比较，他头一次低下了骄傲的头，他把自己的《临涡赋》深藏了起来，永不示人。而曹丕凭借这首诗，一鸣惊人，尽管他后来写了很多诗，却都不及这首著名，这首诗奠定了他的文坛地位，也助长了他的文学野心，及至《典论》出世，他便足以跻身“三曹”文学流派。

在太子位上的曹丕，以一个文学大家的身份，对天下名士做了一番品评，他说，王粲擅长辞赋，徐干文章有齐人的舒缓习气，陈琳和阮瑀的章、表、书、记写得最好，无人能及，而应玚的文章虽然平和，却气势不够雄壮，刘桢的文章气势雄壮却又文理不够细密，孔融的文章风韵气度高雅超俗，但不善立论，文采比文章的逻辑好，表述又过于油滑。于是，他写道：“文以气为主，气之清浊有体，不可力强而致。譬诸音乐，曲度虽均，节奏同检，至于引气不齐，巧拙有素，虽在父兄，不能以移子弟。”

然而，不幸的是，曹丕刚刚入主东宫，便“疫病大起，时人凋伤”。谁也没有想到，起于建安二十二年的这场瘟疫，竟然长达八年之久。国际社会因着疫情肆虐，终于相互和解，战乱纷争的时局一度安稳了下来。

而事实上，东汉从光武建武元年（公元25年）到献帝建安二十五年（公元220年），这一百九十六年间，天下除了战争祸乱，还是瘟疫肆虐的高发阶段，而建安二十二年的这场灾难最为严重，历时最长。

曹植有一篇著名的《说疫气》，其中这样说道：“建安二十二年，疠气流行，家家有僵尸之痛，室室有号泣之哀。或阖门而殪，或覆族而丧。或以为：疫者，鬼神所作。夫罹此者，悉被褐茹藿之子，荆室蓬户之人耳！若夫殿处鼎食之家，重貂累蓐之门，若是者鲜焉。此乃阴阳失位，寒暑错时，是故生疫，而愚民悬符厌之，亦可笑也。”这篇文章一方面说了疫情的严重性，另一方面又非常具有正能量，明确指出，“疠气流行”，是“阴阳失位，寒暑错时”造成的，而非“鬼神所作”，老百姓做法事，画符镇压是多么愚蠢的行为。

关于这一百九十六年的疫情频发，有人说是张骞通西域后，将西亚的瘟疫带到了中国，这有点“阴谋论”的嫌疑，不足信也。但一个有趣的事实是，因着瘟疫的高发，道教在民间迅速崛起。

西汉初年，大汉朝以道教为立国之本，到了汉武帝时期，刘彻为了中央集权，将道教推下了神坛，独尊儒术，孔子思想在全国流行，作为治国之本。而因为瘟疫的出现，道士这个职业越来越受人尊崇，道家学术在民间得到了普及，但与最早的无为而治的思想出现了偏离，不同派别由此产生，至魏晋时期，便有以司马玄为代表的玄学盛极一时。想来还是老百姓过于恐慌的缘故。

遗憾的是，建安二十二年的这一场瘟疫，建安七子除了孔融被曹操杀于建安十三年（公元208年），阮瑀病逝于建安十七年（公元212年）之外，其余的王粲、徐干、陈琳、应玚、刘桢五人均相继罹难。曹丕在《与吴质书》一文中写道：“昔年疾疫，亲故多离其灾，徐（徐干）、陈（陈琳）、应（应玚）、刘（刘桢），一时俱逝，痛可言邪？”

面对严重的灾情，魏王曹操不得不在颁布了求贤令（建安二十二年正月）之后的第二年（建安二十三年）颁布了赈灾令，大意是不论吏民男女，往后余生都可以享受政府无偿照顾。

也就是在这一年（建安二十三年，即公元218年），南阳涅阳（今河南邓县西北）人张机，也就是享誉后世的中医祖师张仲景写成了《伤寒杂病论》一书，简称《伤寒论》，书中着重研讨伤寒的病因及病机变化，分析伤寒的类型，制定不同的治疗法，介绍各种验方，开创了辩证施治的理论，对后世医学的发展起了巨大的作用，被医家奉为经典。

建安二十五年（公元220年）正月，曹操逝世于洛阳，曹丕从邺城赶往洛阳继承大统，称魏王，后改建安二十五年为延康元年。这一年，曹丕三十四岁。

突如其来的变故，让在太子位上还没站稳脚跟的曹丕多少有些手足无措，他不得不三次拒绝了汉献帝的禅让。他重用陈群、司马懿等人，厉行改革，励精图治，待局势好转，才于这一年十月末登受禅台称帝，改元黄初，奉汉献帝为山阳公。

六

父亲其实留给了曹丕一个烂摊子，在位六年的时间里，他亦步亦趋，如履薄冰，他果然也变成了与父亲一样的猜疑者，他的人生并没有如他期待的那样快意恩仇，反而因着局势掣肘，人生的阴霾越来越重地将他裹紧，他一面拒绝父亲的阴影笼罩，却又不得不一面学着父亲的样子，做一个无情而又霸道的人。他再也无暇去听甄姬的琴声，而那曾经的琴声却始终在他的心里萦绕，仿佛要把他拉回到往昔的屈辱中去，他愈是急于摆脱，而父亲的责难、弟弟的骄纵狂傲却愈是如一道暗咒将他牢牢拴住，甄姬竟然成了他与父亲、弟弟暗自对抗的一个道具，是的，他的心结最终都聚集到甄姬的一举一动上，他尝试着再去爱她，却又不由自主地想要摧毁她，为了拯救自己，他只好给了她一杯毒酒，但他明白，他是真的爱她。

在这样的爱恨交加中，曹丕开始了他的文治武功。

天下三分，互不相让，但弥漫于中国大地的硝烟却因着曹丕称帝而慢慢消散。既然无法扩张，那就稳固。在审视了他的天下后，曹丕将他的雄心直指河西。

西晋大臣江统在他著名的《徙戎论》中说："魏初民少，西北诸郡皆为戎居，内及京兆、魏郡、弘农，往往有之。"曹丕知道，如果不解决以卢水胡为主的河西诸胡，他们随时都可能联合鲜卑、羌氐，甚至蜀汉来对大魏政权东西夹击。所以，刚刚登上帝位的曹丕，就否决了他的父亲早年将凉州并归雍州的政策，他在姑臧（今甘肃武威市）重置凉州，将金城、西平、武威、张掖、酒泉、敦煌、西海七郡全部纳入凉州统一管辖，任命安定太守邹岐为凉州刺史。从而引发"殊死麴演凉州之乱"。

《三国志·魏书·张既传》说："武威颜俊、张掖和鸾、酒泉黄华、西平麴演等并举郡反。"他们或驱逐，或囚禁曹丕派去的各郡太守，阻止邹岐等人上任。同时，武威胡人趁机作乱，抢掠绝道，河西走廊很快就被叛军占领。武威太守毌丘兴向金城（今兰州）太守苏则求援，在苏则的领导下，曹魏政权进行了第一次河西之战，平定了叛乱。邹岐等人顺利到任，曹魏基本控制了河西。但这一次，仅仅是降伏了各地汉人军阀，河西胡人却在这场争斗中蛰伏了下来，造成了隐患。

黄初二年（公元221年）十月，凉州卢水胡纠集多处胡人部族，组成诸胡联军，起兵反魏，河西再次陷入大乱。由于此前平乱的苏则、毌丘兴等人调任首都洛阳，凉州刺史邹岐面对复杂的叛乱形势束手无策，曹丕改派雍州刺史张既领五千精骑前往凉州替代邹岐，让他"便宜从事，勿复先请"，又派曹真的部将夏侯儒、费曜等领兵随后。

而这一年，刘备在成都称帝，关羽大意失荆州被杀，吴蜀联盟破裂，刘备举国伐吴，张飞又被部将所杀。从国内大局来看，曹丕如果趁机参战，就有重创吴蜀的可能，如果顺利，就足以为天下一统打下一个新局面，但他又不能不顾及河西之乱，如果诸胡联军乘势而下，曹魏势必腹背受敌，鹿死谁手也不一定。因而在吴蜀翻脸之际，腾出手来正面对付诸胡联军，便是曹丕称帝后最为明智的选择。

张既兵至凉州的东大门榆中后，认为：“道虽险，非井陉之隘，夷狄乌合，无左车之计，今武威危急，赴之宜速。”张既声东击西，大破胡人。不久，曹真兵至，活捉多个胡人首领。

《魏书》记载，此战“斩首五万余级，获生口十万，羊一百一十一万口，牛八万”。随后魏军横扫河西，整理内务，修复道路，储备军资。第二次河西之战后，河西走廊全线畅通，曹丕命人复通西域。

黄初三年（公元222年）三月，西域鄯善、龟兹、于阗等诸国遣使携带奇珍异宝到洛阳拜见曹丕，曹丕重置西域长史府，令张恭为戊己校尉，中原政权重新控制了西域，张恭与其子张就一起经营西域，与东汉的班超、班勇父子齐名。

西域稳定，曹魏稳定，吴蜀在对决中各自元气大伤，混乱的中国在暗流涌动中安静了下来。曹丕复归于忧郁，他焦虑着，挣扎着，在他心力交瘁的最后时光里，他一遍又一遍地看他曾经轰动一时的那篇《论文》：

“盖文章，经国之大业，不朽之盛事。年寿有时而尽，荣乐止乎其身，二者必至之常期，未若文章之无穷。是以古之作者，寄身于翰墨，见意于篇籍，不假良史之辞，不托飞驰之势，而声名自传于后。”

但他深深明白，他能写出，却做不到。无数个漆黑的夜晚，他还是会深陷于无法自拔的忧郁中，哭泣或是自责，直到公元226年（黄初七年）五月十七日他撒手人寰的那一刻，他不甘的眼睛里，能看到的，仍然是时常令他心神不宁的三个人——一个是曹操，一个是曹植，另一个便是他深爱着的甄姬，耳边回响的仍然是曹植在狱中的那首《七步诗》：

煮豆持作羹，漉菽以为汁。
其在釜下燃，豆在釜中泣。
本是同根生，相煎何太急？

逆袭者的权杖与悲哀

一

终于要在历史的拐角里离开辉煌的大汉，丢下匈奴，说到另一个“不太起眼”的民族了。

这就是氐族。

说它不起眼，并没有任何贬低的意思。而是自战国以来，秦人与西戎对抗，羌氐不敌而消声，大汉以后，在匈奴与大汉争霸的四百余年里，中国大地上的少数民族政权几乎全被匈奴人的声音遮蔽了，这一段的历史，仿佛只有两个声音对唱，而其余的众声纵使再喧哗，也不会嘹亮，更不会清晰。

以定居农耕为主的羌氐一族，夹在两个对手的中间，与西域诸国的处境十分相似，要么投身于匈奴以求自保，要么摇摆于汉朝政府以求自全。他们在夹缝中坚毅地生存着，在刀光剑影中悄然壮大。

《诗经·商颂·殷武》中说："昔有成汤，自彼氐羌，莫敢不来享，莫敢不来王。"

氐人自称为"盍稚"，"氐"是其他民族对他们的称谓。经过几百年的迁徙融合，直至魏晋以后，氐人才逐渐自称为"氐"。西晋人孔晁写过一篇著名的《逸周书·王会篇》，详细地讲了周成王"成周之会"的盛况和各诸侯国的朝贡细目，提到了羌氐并对其做了注解：

周成王会见各路诸侯的时候，成王坐在坛上，面向南方，坛上挂着红帷帐，用黑色的羽毛作装饰。成王的王冠上没有垂珠，穿着八种色彩的王服，腰间插着大圭。唐叔、郇叔在他的左面，周公和太公望在他的右边，也都戴着冠冕，没有垂珠，穿着七种颜色的朝服，腰里插着笏板，他们靠近成王站在坛上。

这是一次庄严而盛大的首脑见面会，成王以八色服装区别于他人，高高在上，而他的臣子和诸侯王们则以身份的高低，分别穿着七色、五色或单色的衣服，站在下面的人都戴着冠冕且佩有垂珠。而在这次朝会中，氐族作为一个重要部落，他们的首领得以朝见天子，以鸾鸟上贡。

鸾鸟是古代的一种神鸟，《说文解字》说："鸾，赤神灵之精也。"它遍身赤红，和鸡的样貌相似，能发五彩之光，鸣叫的时候能发出五个音。《淮南子·卷四·地形训》中又说："羽嘉生飞龙，飞龙生凤凰，凤凰生鸾鸟，鸾鸟生庶鸟，凡羽者生于庶鸟。"鸾鸟属于凤凰一脉，也有雌雄之分，雄的叫鸾，雌的叫和，后来把鸾鸟指代车铃。

孔晁在《逸周书·王会篇》的注解中说："氐羌，氐地羌，羌不同，故谓之氐羌，今谓之氐矣。"氐，即是由地名而转为族名。

氐人早期生活在巴蜀和甘肃的陇西、略阳一带。秦人自非子为周王室牧马有功而被周王封为附庸，此后世代为周王室养马并在关山以西对抗西戎。西戎是我国古代对关山以西地区少数民族的总称，其中就包括羌氐。实际上就是周王将羌氐的部分地盘分给了秦人，而彼时羌氐强大，秦人羸弱，随着秦人崛起，羌氐逐渐引退或分流。

《诗经·秦风·小戎》里说："在其板屋，乱我心曲。"

班固在《汉书·地理志》中说："天水、陇西，山多林木，民以板为室屋。"

北魏郦道元在《水经注·渭水》一条中提到，居住在上邽的氐人"乡居悉以板盖屋"。因而就有了陇坻、陇坂（今关山）的地名。

氐人多居住在秦陇、巴蜀之间的峻岅相接地，因居住地分散而各自为政，所以部落众多，“有巴氐、白马氐、清水氐、略阳氐、临渭氐、沮水氐、隃麋（糜）氐等。又以服色而名之为青氐、白氐、蚺氐（即赤氐）等”。

中国古典文献对于氐人的来历有两种不同的说法，一种说氐是从羌中分离出来，是羌的另一分支；一种又说他们只是地盘上的邻居，关系密切但又各自独立。但不管怎么说，他们杂居共处，因而后人便将他们以“羌氐”统称。

氐人活动在西起陇西，东至略阳，北接匈奴，南至嘉陵江的广大地区，也就是现在的甘肃定西、天水、陇南、平凉等地。汉代在这一带设有武都郡、陇西郡、阴平郡等，并置有十三氐道。从西汉到三国时代，氐人分别于汉武帝元封三年（公元前108年）和东汉建安二十四年（公元219年）经历了两次较大的迁徙。

第一次是氐人反叛，汉武帝攻灭氐王，将其分散而迁徙到了酒泉郡。第二次是曹操西征，氐族一部分投降刘备而入蜀，一部分投降于曹操，曹操将“前后两端者”迁徙安置在了扶风、美阳，而将“守善者”留在了天水、南安境内。在漫长的魏蜀争霸中，氐人不断内迁于关中，或外迁于蜀汉，居住版图越来越大。魏晋时代，氐人已在关中和陇右形成了一定的势力，鼎盛时期人口达到了百万之众。

不死，便会重生。

机会终于在匈奴消亡的时候降临了。

氐人的身影挺了又挺，中国历史上第一次民族大融合的时代来临了。

一个英雄代表站了出来。这个人就是苻坚。

二

氐人部落众多且分散零碎，各种政权更迭不暇。两晋、十六国时，氐人曾先后建立“仇池”“前秦”“后凉”等政权。

两晋时代的人们都以为，东汉末年到三国割据，乱世早已结束，世界将会进入持久的和平。但谁也不会想到，在他们身后，真正的乱世才接踵而来。

中国历史进入了一段大分裂时期。五胡乱华，西晋灭亡，各方诸侯混战。

从公元304年巴蜀成汉和中原前赵两国建立，到公元439年北魏太武帝拓跋焘灭北凉为止，在长达135年的时间里，西晋灭亡，东晋偏居于江南、荆湘地区，而中国北部和西南地区则先后建立了二十多个国家。北魏史学家崔鸿在其所写的《十六国春秋》中说：“五凉、四燕、三秦、二赵，并成、夏为十六。”而前秦和北魏是十六国中国力最为强盛的两个国家。

西晋末年，略阳氐族在乱世中壮大，推举苻洪为首领。

略阳，在今天的甘肃省天水市秦安县陇城镇和五营镇一带，是古时西出关山后丝绸之路上的第一大郡。著名的大地湾遗址就在这里。

略阳在西周时属于秦人属地，但主要为羌氐居住地。2006年，在今甘肃省天水市张家川县木河乡桃园村马家塬发现的西戎墓葬群佐证了这一点。秦人在与羌氐的斗争中崛起并东迁，而降服于秦人的羌氐则一直居住在这里。

西汉继承了秦朝的旧制，以郡辖县，郡国并行。汉武帝元鼎三年（公元前114年），张骞第一次出使西域返回后，汉武帝在这里设置略阳道。道相当于县，类似于今天的民族自治县，略阳道就是略阳氐族自治县，是当时的十三氐道之一。

三国时期略阳属曹魏管辖。诸葛亮六出祁山，曾在这一带与魏军进行过多次边界对决：倘若蜀军得利，便可以沿丝绸之路东翻关山而直入长安。略阳往东十里，即到街亭（今天的甘肃省天水市张家川县龙山镇），街亭之战决定了蜀汉的国运，马谡战败后从箭子川道撤退，翻桐岭湾到达天水秦州。后来，曹操在箭子川道设立太原府驻扎军队。曹魏时期，略阳郡和太原府在西梁山的两侧呼应，成为曹魏在西部最为重要的门户。

公元265年，司马炎逼曹魏元帝曹奂退位，建立西晋，中国结束了军阀混战的乱局，实现了表象上的统一。晋武帝司马炎即位后，复将之前归属于曹魏广魏郡的略阳改为略阳郡，属于县级市，隶属于秦州，统领临渭、略阳、清水、绵诸4县。

略阳氐族在苻洪的带领下，于乱世中将一个坚守自保的部族从他们的家乡带了出来，从而征服了小半个中国。苻洪先受封于前赵，后又投降于后赵石勒。苻洪带领氐人周旋于各方军阀之间，后赵石虎死后，苻洪又投降于东晋。公元350年，苻洪自立为王，但很快被石虎旧将毒死，他的儿子苻健继承王位，在关中氐人的响应下，入主长安，一年后称帝，建立前秦。苻健后，他的儿子苻生登基。

苻坚的父亲苻雄一直跟随父亲苻洪征战，苻洪死后，他辅佐哥哥苻健创业，被封为东海王。苻雄死后，苻坚继承了王位，被授予龙骧将军。

如果不发生意外，苻坚也只是风流倜傥且博学多才的东海王、龙骧将军。氐人前进的步伐或许就会在暴虐的独眼皇帝苻生身上而中道夭折。

苻生出生的时候从娘胎里就坏了一只眼睛，这让他自卑而凶狠。苻生继位后，他的残暴被无限放大，是中国历代暴君的代表性人物。

杀人成瘾的苻生在接见大臣的时候，总是让侍卫全副武装，“箭上弦、刀出鞘，铁钳、钢锯等依次摆开”，他将皇室设置成刑房，大臣说话小心又小心，但仍然免不了被随手杀死的厄运。他糊涂而清醒，他的自卑支配着他的残暴，他明知道劝谏者说出了真话，但他依然会给他们安上诽谤的罪名将其杀死，他更知道那些虚伪的赞美是献媚，但他不需要被赞美，仍然会将他们杀死，而闭口不言者，更没有活着的理由。

人人自危，前秦的辖地里暗流汹涌。寿光三年（公元357年），陇西的羌人蠢蠢欲动，羌族首领姚弋仲第五子姚襄勾连前秦境内的羌人各部起兵谋反，苻坚与苻黄眉、邓羌等人率兵镇压，杀死了姚襄，迫使后来取代前秦的后秦开国君主姚苌率领羌人投降。这一战中苻坚与苻黄眉等人立了大功，苻生不但不论功行赏，反而将苻黄眉羞辱了一番，导致苻黄眉反叛。苻坚平叛后，在前秦的声望大增，又因他宽待俘虏，所以在投降的羌人中也树立了威信。

声望大增的苻坚遭到了苻生的猜忌，杀伐果断，不计得失的苻生遂对苻坚起了杀心。箭在弦上，不得不发。苻坚被逼出击，乘夜行动，冲进王宫，生擒了喝醉的苻生，将其废为越王。于是，众声呼应推举苻坚继位，但苻坚坚辞不就。

这时候的苻坚像极了西汉末年割据陇右的隗嚣，他们从气质和才能上如出一辙，毫无野心并具有传统文人的内敛和矜持，他们的品格奠定了千百年后陇右大地上普通百姓的人格基调，谦逊而宽厚，悲悯而自知。这样的敦厚良善渗进陇右的黄土，改变了彪悍而野生的民风质地，将陇右和关中对等了起来。

苻坚让位给庶兄苻法，而苻法不敢接受，苻坚便在群臣的强烈劝谏下，顺应天命，“勉勉强强”登上了大位，他还给自己设置了一个加分项，自降帝号为天王，让群臣称呼他为“大秦天王”，改元永兴，大赦天下，随后杀了废帝苻生。

大幕开启，一个原本悄无声息的人在前秦的灰暗中发出了自己的声音，将一个摇摇晃晃的王国重新扶正了。

苻坚整饬吏治，平息内乱，惩奸除恶，大兴农业、建造学校，为冤死者平反，为聪慧者修路，很快就将苻生残暴的阴霾一扫而尽，前秦迎来了清明的和平。

三

历史能够记住的，是苻坚政治生涯的滑铁卢——淝水之战。而在这一场著名的以少胜多的经典案例中，苻坚不幸成为政治的反面典型，成为被嘲讽的对象，是所有弱者聊以自慰的精神标本。这导致千百年来，我们忽略了苻坚这样一个左右了乱世的人物应有的尊严、功绩和刚健的雄风。

而他被遮蔽的部分，才是五胡乱华后，支离破碎的中国仅存的韧性和豪壮。我们不该忘记他为氐汉团结、民族融合所做的贡献，也不该忘记他攻灭前燕，收降前仇池国，西灭前凉，北取代国，南攻东晋，收复西域，统一中国北方，为天下和平所做的努力和坚持。

如果我们能撇开淝水之战后历史对他的固执偏见，那么就能看见他激情憧憬远方的光彩，也能看见他在苍白的孤独中令人感动的背影。

那么，就从淝水之战说起吧，从他人生的分水岭说起。

公元383年，前秦建元十九年，东晋太元八年，统一中国北方的前秦，在英主苻坚的统率下，以煌煌八十七万大军的阵容，咄咄南下，先夺益州，再夺襄阳，直逼东晋寿州(今安徽省寿县)。

八公山之下，淝水之前，前秦军队气吞山河。苻坚令姚苌领八万水军西进益州巴西县，令从前燕投降而来的慕容垂领二十万陆军从中线襄阳进发，自己则亲率三十余万嫡系部队从东线猛进，而又让太子苻宏统领四十余万民兵作为后援。

这时候，苻坚已经统一了北方足足十年。这十年间，他无一日不想南下，一统天下的幻影让他兴奋而又心神不宁。

但前八年里，他最信任的人王猛始终反对他南征，他隐忍了下来，现在，王猛死了，再也无人能违抗他的旨意，也无人能涣散他的军心。出征前，他放出豪言：我大秦拥兵百万，即使仅仅让士兵们将皮鞭投入长江，就可以拦截流水，老子还有什么可怕的？

那一刻，他忘了王猛的忠告，忘了他的百万大军里那些被迫投降的他国异子，忘了觊觎他的王位的那些奸诈之徒，也忘了他的鼎盛的王国其实内部裂隙大开，更忘了公元378年他与东晋的淮南之战。十年里，他只看到了他的荣光，只看到了他那停留在数字表面的百万之众。

后来的史学家们在分析淝水之战苻坚失败的原因时，总结了三个要点：骄傲自大、一意孤行；内部不稳、降将思乱；战线太长、兵力分散。

中国历史就是这样，既然战败了，就百口难辩，任人评说，所有的优点都会变成缺点，无一长处。而从前秦建国到苻坚“篡位”，及至统一北方的摧枯拉朽的迅疾过程中我们可以看出，最主要的原因当是内部不稳，虽然苻坚创造了氐汉团结的盛世，但氐与羌两个民族之间始终竞争而不和睦，他的军队和主要将领又大多来自于异国，并没有与他形成统一战线，而苻坚又宽厚仁慈，对他们一再宽宥，这样的治国之策，适宜于盛世，而不利于战争。

从东晋迎战的八万兵力的阵容来看，苻坚骄傲自大、主观武断或兵力分散之类的结语就显得有点落井下石。当然，东晋在这十年里，在谢玄、谢安等人的极力推动下，养兵蓄锐，国势稳定，实力大增，也不容小觑，但聪明如苻坚者定能纵观局势，了然于心，断然不会贸然出击。

时值初冬，前秦军负重前行。

苻坚令弟弟苻融率领前锋部队攻占了寿阳，俘获了东晋守将徐元喜。慕容垂也在中线多有斩获，攻占了郧城（今湖北安陆）。苻融随之进攻硖石，与困守的东晋守将对峙。东晋守军粮草告急，派出信使向东晋征讨大都督谢石求救，却被苻融捉住，苻融得了情报，苻坚为了速战速决，留下大军，亲率八千骑兵疾驰寿阳。到寿阳后，苻坚天真地派刚刚投降的东晋原襄阳守将朱序到晋军大营去劝降。结果诈降的朱序反而向东晋军泄露了军机。谢石于是转守为攻，遣兵到洛涧（今安徽淮南东），淝水之战于这年的十一月初正式揭开序幕。

东晋军趁前秦军立足未稳，主力部队未到之际，主动出击，获得洛涧大捷，士气大振。而淝水之战的败笔就是苻坚轻信了朱序。可以说，淝水之战就是朱序一个人打败了苻坚的八十七万大军。

真正的战役打响了，中国的秩序就在这一念之间发生了改变。

北宋司马光在《资治通鉴·晋纪二十七》中对淝水之战有这样一段详细的描述：

“秦兵逼肥水而陈，晋兵不得渡。谢玄遣使谓阳平公融曰：‘君悬军深入，而置陈逼水，此乃持久之计，非欲速战者也。若移陈少却，使晋兵得渡，以决胜负，不亦善乎！’秦诸将皆曰：‘我众彼寡，不如遏之，使不得上，可以万全。’坚曰：‘但引兵少却，使之半渡，我以铁骑蹙而杀之，蔑不胜矣！’融亦以为然，遂麾兵使却。秦兵遂退，不可复止。”

这不是一场实力的较量，也不是一次智慧的对决，而是柔仁与狡诈的交锋，是君子之谦与小人之奸的冲突。

结局显而易见。

东晋谢玄派使者对前秦的阳平公苻融说：“你们前秦的军队孤军深入，在淝水边上布阵，我们晋国的军队无法渡河，两兵不能交战，不如你们稍微后撤，等我们渡河以后，再决胜负，不好吗?”使者的语气诚恳，态度谦卑，有点仰人鼻息的谨慎，但并没有多少迷惑性，明眼人一眼就可以看出他们要使诈，所以苻坚就说：“我们稍微后撤一点，等他们渡河到一半，我们奋起攻杀，就能大胜。”苻坚没有错在什么主观武断，而错在他高估了自己的阵营，高估了己方士气。

秦兵这一撤就出了麻烦，朱序临阵倒戈，高呼：“秦兵败了，秦兵败了。”撤退的士兵不明就里，当真是丢盔弃甲地败逃，等苻融骑马到阵前督军，却被士兵惊翻了战马，被已经渡河的东晋士兵砍杀，秦军这下彻底崩溃了，浩浩荡荡地溃退，无人能力挽狂澜，秦兵自相践踏，就连听到风声与鹤声都误以为是东晋部队的喊杀声。

“风声鹤唳、草木皆兵”成了这一战前秦军队闻风丧胆的标签。

之后，朱序与早已投降于前秦的前凉王张天锡、东晋寿阳守将徐元喜等归降东晋，缴获了苻坚所乘坐的装饰着云母的车乘，又攻下了寿阳，抓获了前秦的淮南太守郭褒。苻坚中箭负伤，前秦军队自相践踏而死者堵塞了道路，等苻坚败逃回洛阳的时候，他的三十万嫡系只剩了十万。

这不是一次战役，而是自溃，是一次千里奔突的自残。

而早已洞悉了前秦内部混乱分裂真相的王猛，毕其一生劝谏苻坚不可冒进的原因就在这里。失去了王猛的苻坚，就像一个失去拐杖的老人，他世事洞明却又含含糊糊，他的激昂一直悬在空中，无法落地。他是孤独的，也是焦虑的。

尘归尘，土归土，这一战使苻坚二十六年的艰辛努力毁于一旦。

后来有人对苻坚的失利做过一次清算，说他拥兵八十七万，即使损失二十万，也还有六十七万，前秦仍然是当时中国最强大的国家，这个算法当然没错，但一个国家的国力并不是一串数字能代表的。从根本上来说，前秦自己的军队也就是苻坚的嫡系三十万人，而这一战恰恰只损失了他的亲兵，这让那些投降他的军阀有了反叛的底气。当然，他的四十万民兵们还在来的路上。

忍饥挨冻的苻坚在溃逃的途中仰天长叹。面对灿烂的星辰和浩渺的山川，他还是想起了为前秦忧国忧民的王猛，遂忍不住放声大哭。

王猛兴前秦，王猛死，前秦的日月也就暗淡了。

王猛之于苻坚，犹如郭嘉之于曹操，诸葛亮之于刘备，犹如周瑜之于孙权，司马懿之于曹丕。

四

如果没有汉人王猛，苻坚便是和隗嚣一样的犹疑者。

王猛是青州北海（今山东寿光）人，出生时，羯人石勒建立的后赵政权攻破青州，席卷中原。王猛幼年与家人颠沛流离，少年时代，就与家人一起编制畚箕，然后拿到集市上兜售以养家。但在这样的清贫中，他刻苦用功，钻研谋略和兵书，及至成人，便因博学而小有名气。

公元354年，东晋大将桓温北伐前秦，击败苻健，驻军灞上（今西安东），王猛拜见桓温，两人对谈时局，深得桓温赞赏，桓温邀请他协助自己，被王猛拒绝。

真正优秀的人会主动选择，而不是被动接受。

前秦立国后，苻生残暴，吕婆楼向苻坚推荐了王猛，两人一见如故。在王猛的帮助下，苻坚夺得了帝位，以王猛为中书侍郎，执掌军国机密。他曾在一年中连升五级，最后官至苻坚的丞相，被封为清河郡侯。王猛辅佐苻坚十八年，两人共同开辟了“关陇清晏，百姓丰乐”的繁盛政局。

前秦建元十一年（公元375年），王猛病危，再三劝诫苻坚千万不要南征东晋，他说，鲜卑、西羌降服贵族贼心不死，才是大敌。王猛死后，苻坚痛哭不已，追谥他为“武侯”，并按西汉权臣霍光的丧葬规格厚葬了王猛。

淝水之战两年后，苻坚还是忘了王猛的遗言——一切都来不及了。那些曾投降于他，被王猛坚持认为死敌的人一个个叛他而去：

慕容垂逃回前燕故地复国称王；原代国的拓跋珪亦在牛川称王复国；羌人姚苌在羌族和西州贵族的拥戴下自立，建立后秦，与慕容垂联合对抗苻坚。丁零、乌丸等部落也相续起兵反叛，前秦陷入万劫不复之境。

苻坚被困长安。他肯定是悔恨交加，这是偶然的、不经意的、不小心的绝境，与那种经历了漫长的垂死挣扎而无果的失败完全是两种情境。从云端直坠泥淖，他不甘心。

西燕的鲜卑人将长安城团团围住。慕容冲和慕容永在城外的阿房城里喝茶饮酒，他们一面断绝水火，一面派出鲜卑特务悄悄潜入城内与慕容暐衔接，试图埋伏袭杀苻坚。而直到此时，苻坚依然不信慕容一族会全体背叛。他天真地以为只是慕容垂西归而惑乱了慕容冲和慕容永。当慕容暐密谋的消息泄露之后，苻坚才在坐实了他们谋反的罪证后将其及其宗族诛杀，长安城内的鲜卑人被一扫而尽，妇孺皆不放过。这是苻坚登基以来，第一次大规模杀人。

而杀人并非其本愿。

后来的政客们在劝谏改朝换代的新帝王的时候，常会以苻坚“柔仁邀名”的案例来告诫他们未来所可能面临的危机，他们觉得苻坚优柔愚蠢，但我们从这个词里更能看到的是苻坚的宽容和大度，能看到儒家学术对他的滋养，这在本质上与隗嚣一脉相承。

他愤恨，但他不残暴，他仍然以谦谦君子的帝王风度面对生死。

慕容冲和慕容永在笑谈苻坚的时候，他们会不自然地想起他们和苻坚共处的日子。当然凶狠残暴的慕容冲绝不会提起，他十二岁那年前燕灭国之时，他的姐姐清河公主被苻坚纳入后宫时，他们一起所受的优待，也不会提起当王猛向苻坚劝谏他慕容冲终究是祸患的时候，苻坚仍然将他外放为平阳太守的宽恕，他只会说苻坚是“柔仁邀名的蠢货”。

夜不能寐，生死存亡的此时，我们才可以反观苻坚的伟岸，才可以清晰地辨认出一个在乱世的中国尽心尽力，胸怀天下苍生的帝王的仁厚，他的动人之处由他自己说出来，听者不能辩解。因为他说出的都是坚硬的事实。

他对临死前假意痛哭流涕认罪的慕容玮说：“我当时虽然灭了前燕，但对你们这些国家的将军们都视同亲人，枉亏我以国士待你们。”

他登城巡视，对城下的慕容冲说：“你进宫时年幼，我待你们姐弟如同手足，你我君臣一场，我送一件崭新锦袍与你。”慕容冲却说：“我要做的是天下的大事，怎么能受你这一件小袍的恩惠，你若投降，我定会像你待我一样待你。”苻坚是想以锦袍来唤起慕容冲的良心，而慕容冲以“我定会像你待我一样待你”承认了苻坚对他的恩泽。

他对复了代国的拓跋珪说：“代国灭亡时，你年纪太小，我像儿子一样将你养大，你怎么能背叛我？”

他对向他逼要传国玉玺、逼他禅让的姚苌说：“我曾将我祖父和我共享过的最为珍贵的龙骧将军的封号给你，你又有什么资格与我谈判？”

他们都默认了苻坚待他们不薄，但他们仍然将屠刀向他举起。当然，杀伐终究是残酷的，不能因眼泪和同情所左右。

但苻坚宽厚仁慈的一面如此掷地有声，令首鼠两端的残暴者愧然失色。

苻坚所能预见的，是这些反叛的人，他们以一己私利，终将会把天下百姓带进更加苦难的深渊，他亲手创造的“关陇清晏，百姓丰乐”将会成为泡影，这比死亡更让他痛苦。

他真的不甘心，他挣扎过，突围过。他的将军们窦冲、杨定等人一次又一次击败了慕容冲的多次围剿，但他抵挡不住时间。

这时候，他还想起另一个人来。这个人带着前秦的十万精兵，早已经荡平了河西走廊，降伏了西域诸国。

可这个叫吕光的人，这个他最信任，最得力的将军，却远在天边，他的十万大军缥缈得如同他头顶的云霞，金光灿灿却又遥远得无声无息。

就像张骞被汉武帝派出去后消失得无影无踪一样，吕光和他的十万精兵也中断了和苻坚的联系。

史学家们在总结苻坚失败的原因时，都绕不过吕光。他们说，如果不是苻坚刚愎自用，要兵分两路，要让氐人的战神吕光带走前秦的十万嫡系精兵，那么淝水之战即使战败，苻坚和他的前秦也不至于迅速灰飞烟灭。这一点毫无疑问，假如吕光和苻坚并肩在一起，历史也许还会翻转。

但正因为有吕光出征西域，我们才能看到一个雄才大略，具有广阔的国际视野的帝王的胸襟——他不止于统一北方，他意在全国，他企图建立一个和大汉相提并论的超级王国。当然，这是苻坚的幻想。而从丝绸之路和中原王朝对西域的控制来说，苻坚的这一决定却又极具战略眼光。

因而，在丝绸之路的星辰中，我们必须谈到苻坚，谈到他的开拓精神和格局之大，谈到他为中国民族团结所付出的心血。他和汉武帝异曲同工，但刘彻是被逼无奈，苻坚却是主动而为。

五

早在淝水之战的前一年，前秦建元十八年（公元382年）九月，西域车师前部国王和鄯善王派使者远赴长安向前秦朝贡。这时候，丝绸之路已因中原混战而断绝多年。而西域诸国也因着没有中原政府的统领亦处于混乱之中。

西域诸国就是这样，有人管着的时候，他们想自立，但毕竟还能和平相处，而没人管的时候，他们又相互攻杀，疲累不堪，又急需让人管着。

车师前部国王和鄯善王的使者冒险而来，他们希望能在苻坚的帮助下结束西域的乱局，他们想当西域诸国的头儿。

他们的愿望和幻想迅疾统一天下的苻坚的愿望碰了个正

着。三个人一起密谋了好久，前秦为此做了三个月的长期准备。

派谁去也是个问题。

当时的前秦，容纳了多国投降而来的将军，但远征西域的这个人除了有将才和帅才，还要有完全的忠诚，只有忠诚才能保证前秦的后方无忧。苻坚经过了长久的思考，最终还是不得不任命吕光为“使持节”，征西大元帅，全权负责征讨事宜。

吕光是前秦太尉吕婆楼的儿子。吕婆楼曾向苻坚推荐了王猛，而王猛又在南征北战中极为赏识吕光，以“举贤良”推荐他入仕。吕光比苻坚大一岁，在苻生当政时，他们是最为亲密的伙伴。吕光二十一岁那年，在征讨并州牧张平时，将号称“赛吕布”的张蚝刺下战马并生擒，从而名声大震，此后在平定五公之乱、灭前燕、伐内叛等各项斗争中立下了赫赫战功。所以，在苻坚时代，前秦之所以能如日中天，就是及早形成了以苻坚、王猛、吕光为核心的三人领导集团。三人相互欣赏、精诚团结，这才是苻坚成功的密码。而王猛死了，苻坚只剩下了吕光这一个忠心耿耿的战友，他其实舍不得他去，苻坚知道，吕光是他和他的王国的最后一道护身符。但征西之重要，他又不得不派吕光去，他和曹丕的认识完全一致，西部稳则国家稳。

一切都是经过深思熟虑的周密谋划，一切都是万无一失的绝稳之策。

于是，公元383年，吕光领十万精兵西出长安，穿过河西走廊，以车师前部国、鄯善国两国军队为向导，于这一年的腊月抵达焉耆国。吕光与龟兹国及其附属诸国的联军打了一仗，双方进入了僵持阶段。

但谁也没有想到，这一年的十一月，淝水之战，苻坚自乱阵脚。河西诸胡反叛，丝路断绝，诏命不通，前秦的精锐分为两半，他们自顾不暇。直至第二年的七月，吕光才攻破了龟兹王城居延城。西域三十六国“尽皆遣使纳贡，归附前秦”。

而这时候，苻坚被困长安。

他等不到吕光来援。

长安城被最后一口粮食压垮了，将军的威仪被一片肉糟践殆尽，百姓哀嚎遍地，士兵体乏无力。苻坚只得弃城出走，与其说他听信了“帝出五将久长得”的谶言，不如说他是为了一城的百姓的存活，他清楚，这一走，将注定是不归路。

苻坚带着亲兵奔逃，而慕容冲率鲜卑兵在长安城烧杀抢掠。

很遗憾，他没有让自己突出重围，也没有让他的百姓免于屠戮。

他的柔仁在暴戾的屠刀面前一文不值。

在五将山（今陕西省麟游县良舍乡庙底村），他被姚苌的部下团团围住。后来被捆绑押到新平（今陕西省彬县水口镇），他以帝王之姿，拒绝了姚苌索要传国玉玺的要求，也拒绝了禅让于姚苌的要求。为两个女儿免于被姚苌凌辱，他亲手毁了她们。

这一年的秋天，姚苌将苻坚绞死于新平佛寺（今陕西省彬县南静光寺）内，他的夫人及最小的儿子也跟着他自杀而去。他以四十八岁的壮年，血祭了中国历史上那个至暗的乱世。

苻坚死了，吕光还在替他继续着霸业。

他心心念念在茫茫西域要找的那个和王猛一样的天才终于被吕光找到了，而他在有生之年，却只听说过他的名字——鸠摩罗什。

吕光听从了西域高僧鸠摩罗什的建议，在平定西域后，班师东还。因凉州叛乱，吕光又迅速平定了河西诸郡。

而直到此时，吕光才知道苻坚已死的消息。

他号啕大哭，却回天无力。三人集团破了，他回不到中原去了。吕光令三军缟素服丧，追谥苻坚为文昭皇帝，他仍以前秦使持节统领河西及西域大事。

公元389年二月，吕光自称三河王。

公元396年六月，吕光又自称天王，建国号为大凉，改元龙飞，史称后凉。

自此，丝绸之路贯通，而后凉仍是前秦的余脉。

但王猛死了，苻坚死了，吕光一人，孤掌难鸣。

他们用尽了氐人的智慧和力量。魏晋以后，氐人再无荣光。

历史的埙音

一

那个人出现了，丝绸之路将被佛光照亮。

智者的声音纵横几万里，并不消失，而贯穿千年。

血腥的厮杀里，战马嘶鸣，精钢撞击，鸠摩罗什的身影高过了所有的君王和将军，在他身后，即使这条通往西域的大道断绝荒芜，但那精神的高地也从不寂寞，连绵不绝的天籁之音自此将融入中国人的筋骨，历久弥新。

去往西域的英雄们，此后将不得不低下高昂的头。

后来者只能用脚步和膝盖膜拜大师。

鸠摩罗什之后，丝绸之路在文化精神的传承上永不断绝。

二

还是得从苻坚说起。

因为他的“一时冲动”，原本渐渐趋于清晰的国家面目又陡然模糊了。

佛教东传。所以，也有学者将丝绸之路叫做佛教之路。

这条路上，除了“一驿过一驿，驿骑如流星”的热闹，更有西出取经者和佛教东传者交叠相向的虔诚清冷。一座座屹立于山林深处的千年石窟和那随处可见的累累白骨像路标一样指引着后人。这条路上的勇敢和悲壮因此才更加厚重而深沉。

战争能斩断人们脚下的路，却斩不断思想家发出的埙音。

发现思想家的是苻坚，但他并不认为他是思想家。他把他看成了一个神秘而充满智慧的政治家，他觉得他应该是，也必须是自恃清高隐居于山林的知识分子中的一员，像那些期待明主的人一样需要召唤。

苻坚对鸠摩罗什的这种近于偏执的居高临下的判断，确立了魏晋时期各位王者对于智者的普遍认知基调，也为鸠摩罗什的命运埋下了灾难的种子。

所以，后来的研究者们认为十六国时期流行的“得鸠摩罗什者得天下”的谶语是为了争夺一个拥有真理的精神领袖，这多少就有点自以为是了，他们真的误会那些军阀了。

不为我用，又有何用？这是军阀们对智者的期待。

能为我用，天下开阔。这是军阀们对自己的期待。

而苻坚的偏执来自于王猛。曾拥有鸠摩罗什十七年的吕光也有着同样的偏执，他的偏执却来自于苻坚。

这是一种性格的传染，也是精神向度上的模仿。

这种传染和模仿历久不衰，就像在强权暴戾中生存的人们，他们无限憎恨强权暴戾，而一旦自己得势，却会自然而然地沿袭前者的手法对付别人，可悲的是他们往往不自知。当然，对于苻坚和吕光来说，甚至于后来的后秦国主姚兴，他们都是笼罩在王猛强大背影里的人，他们将鸠摩罗什与王猛等同看待了。

吕光和姚兴都坚信自己是明主，而鸠摩罗什是能辅助他们一统天下的唯一人选。

势越造越大，鸠摩罗什就成了神。

三

是鸠摩罗什让苻坚乱了阵脚。

魏晋时代最著名的政治家、军事家王猛死后，苻坚陷入了无尽的忧伤和彷徨之中。他突然成了一只孤独的斗兽，血脉偾张却又无处发力。在与王猛的十八年相处中，他早已习惯了依计而行，也习惯了每每在犹疑昏庸中的一声呐喊，习惯了依赖，习惯了忠诚，而当这一切都突然消失之后，他孤零零地站在人生的巅峰，才发现，他的世界到处都是王猛设置的藩篱——他出不去，别人进不来。是这些藩篱让他强大，但他强大了，如何突破这些障碍，王猛却没有说。而王猛直到临死之际，还告诫他不要越雷池一步。

但没办法，他浑身奔腾的热血需要他走出去。

他需要第二个王猛来拯救他的王国。

他遍寻智者。他因此焦虑，急躁。他更想尝试。

于是，他便想南伐东晋。作为试探性的动作，苻坚攻克了襄阳与彭城，这为他后来决意南下做了铺垫。在攻下襄阳后，苻坚抢到了佛学大师道安。他原以为，这个七十余岁的老人能像王猛一样助他一臂之力，但视死如归的大师却说，我无能，真正的智者是龟兹的年轻人鸠摩罗什。

这是苻坚第一次听到鸠摩罗什的名字，因为是大师的推荐，他便坚信他就是第二个王猛。但遗憾的是，道安对鸠摩罗什也只是听闻。鸠摩罗什和他的名字一样，神秘得让人一头雾水。

有学者说，前秦的太史早就向苻坚汇报："有星见外国分野，必有大德智人入辅中国。"这个应该是依据中原高手对鸠摩罗什的推崇而做出的论断。

星在国外，在西域，但如何引进人才，苻坚还不知道。而恰好在公元382年的九月，西域车师前部国王和鄯善王的使者来了，他们向苻坚汇报西域诸国的国情时，提到了龟兹国的贤哲者鸠摩罗什。

他们说，那本是个天竺（古印度）人，他的父亲鸠摩炎出家后东度葱岭以弘扬佛法，游历到龟兹的时候，龟兹王不知道从哪儿听说他舍弃了相位而修道，便待他若上宾，尊为国师。国王的妹妹对他一见倾心，龟兹王便逼迫鸠摩炎与她成婚，生下了鸠摩罗什。真是天降神童，这小子七岁的时候和他的母亲一起出家，"从师受经，一日能诵千偈"。九岁的时候，拜他们那儿最为著名的小乘大师盘头达多为师，后来又拜须利耶苏磨，学习大乘佛法。能过目不忘，能雄辩千人，是声震三十六国的尊者。

那么，时机到了，就去抢吧，让"大德智人入辅中国"。

于是，吕光便带着十万精兵，去了西域。在龟兹国的居延城活捉了鸠摩罗什。

当时，龟兹繁盛，丰饶富庶，前秦士兵一入城便疯狂抢掠，等吕光东归时，他抢得的西域奇珍异宝要用两万多头骆驼驮载，他还夺得了一万多匹骏马。

这一场侵略战，屡攻不克，是有鸠摩罗什在龟兹城中。

“西域乃凶亡之地，不宜淹留。”这是鸠摩罗什为了龟兹百姓而对吕光的劝退。

吕光因坚信苻坚，而盲目地对鸠摩罗什信之入骨，但吕光这个粗暴的武夫，他不信佛。

为了能让大师尽早为前秦效力，吕光想尽了各种办法让他还俗，在急于想将他献给苻坚的时候，已把他训练成一个和王猛一样的政治家。

他要扭转他的思想，征服他的孤傲。

即使将鸠摩罗什带到凉州，即使他听闻了苻坚已死的消息而自立后，他仍为此做着不懈的努力。

他将女人与大师关在密室里，不交媾便不让出来，他只好从了；他让他骑烈马犟牛游街以毁坏他的优雅和清高，他从了；他让他为杀人出谋划策，他从了；他不让他讲经弘法，他也从了……除了给予他一切的物质优待，他禁锢了他的思想，摧残着他的灵魂，他让他痛苦不堪，用尽了能想到的所有坏点子。

吕光从未放弃。

后世的学者和文人们将这十八年写了无数遍，演绎和虚构了无数版本，但不管怎么写，鸠摩罗什最终没有成为第二个王猛。

鸠摩罗什也从未放弃。

《晋书》说:“什之在凉州积年，吕光父子既不弘道，故蕴其深解，无所宣化。”

但书上没说他的痛苦。

十七年的炼狱，让他成了一个真正的佛。

这忍辱锤炼的十七年，将一个四十岁的年轻人磨砺成了暮年之人，将一个神俊的天才推向了神圣的法门至高之境。

他向后人证明了，真正意念坚定的人，思想的庙宇不会因为外在形体所受的践踏凌辱而毁坏。

四

很显然，中原的王者们都看到了，如果没有鸠摩罗什，后凉注定只是昙花一现。

吕光在鸠摩罗什及贤臣沮渠罗仇的辅佐下叱咤西域，四方征战，统一了西域及河西的大片疆域，使后凉鼎盛。但在晚年，吕光因杀害沮渠罗仇而导致反叛四起，病重卧床后只得自号“太上皇帝”。不久后病逝。他的儿子吕绍继位天王，却又很快因兄弟政变而被杀。后凉由此进入了不断的内乱当中，很快衰败。

公元401年，后秦第二位皇帝姚兴攻克后凉吕隆，抢走了鸠摩罗什。

鸠摩罗什入长安。

从西域的龟兹到中原的长安，这是丝绸之路上一次分量最重、最为浩荡的逆向行走。鸠摩罗什一个人牵动了四个国家的交锋，战争因他而起，但他只是借口。

“上无飞鸟，下无走兽”的荒漠里，白骨撒了一地。

丝绸之路却因着这铿锵的马蹄和车辙而更加宽阔，更加坚实。

山河热闹，众声喧哗，而一人独唱。

姚兴算得上是十六国时期一位有大德才的政治家，但他依然需要鸠摩罗什来做他的王猛。

大师早有预见，面对新的军阀，他重新做出了选择。他早已观透了一切，悟透了一切，肉体的羁绊再也不能伤害他的灵魂。于是，当姚兴“以伎女十人逼令受之”的时候，他坦然接受了，主动“不住僧坛，别立廨舍”。甚至在后来，他当着千人讲经的时候，对姚兴堂而皇之地说：“有二小儿登吾肩，欲鄣须妇人。”

我看到有两个小孩儿站在我的肩膀上，要消除这个孽债需要女人来解决。“姚兴乃召宫女进之，一交而生二子焉。”

他以接受来代替抗拒，但他始终站在精神的高地上，俯视着那些企图毁灭他的人。

这种蔑视卓有成效。鸠摩罗什终于还是没有做成王猛。姚兴不得不尊重他，成全他，还了他自由。

四年后，姚兴在长安为他修建逍遥园，也有人叫做欢乐谷，专为他开辟了译经场，调选僧侣帮助他翻译。气势恢宏的八百弟子随他一起集体钻研佛经，佛教自此在中国盛行。

他的弟子中，什门四圣、八俊、十哲都是影响后世的大智者。

千里莺啼绿映红，水村山郭酒旗风。
南朝四百八十寺，多少楼台烟雨中。
——唐·杜牧《江南春》

清代刘世琦在《南朝寺考·序》中说："梁世合寺二千八百四十六，而都下（南京）乃有七百余寺。"

这是鸠摩罗什的鼎盛。

此后十一年，鸠摩罗什沉浸在佛学里，翻译佛经七十四部三百八十四卷（《开元释教录》），奠定了中国翻译文学的基础。

将他擒获的王者们，都想重用他，都善待他。尽管尊敬的方式不一样，但他们都不约而同地没有伤害他的性命，这是鸠摩罗什的幸运，也是中国的幸运。

在这里，我们不得不再次提到法显——这位时年六十五岁的中原高僧。

他们不谋而合，就像是两道约定好相互印证的高鸣低吟。

多么巧合啊，法显离开了长安，两年后，鸠摩罗什来到了长安。

让人哭笑不得的是，十六国的王者们早在一千多年前就告诉了后人一个歪理：外来的和尚会念经。而这正好证明了这些强权的拥有者在轮番争抢鸠摩罗什的时候，他们并不完全把他当做一个弘扬佛法的大师，在他们眼里，不到最后，他们绝不会放弃让他做一个政客的夙愿。

公元399年的春天，法显同慧景、道整、慧应、慧嵬四人结伴上路，翻关山而去。他们没有在凉州拜会罗什，却与张掖的高僧智严、慧简、僧绍、宝云、僧景及后来遇到的慧达意念相通，于是，一行十一人的取经团热血沸腾地踏进了茫茫戈壁，一路谈经论道，好不热闹。

取经团所到之处，均受到各地官方的礼待和资助。他们出阳关，渡“沙河”（白龙堆大沙漠），经鄯善国，过焉夷国，在氐人苻公孙的帮助下，穿越塔克拉玛干大沙漠，至于阗国，经子合国，翻过葱岭而到天竺诸国。法显学习梵语，抄写经律，收集经典，足足十二年，而这时，他的同伴们或留或亡或回，空留他孤身一人，他这才决意回国。

有趣的是，他坐船东归，在亚洲的版图上转了一圈。一年后，七十八岁的法显回到中国，从此宣扬佛法，至八十六岁终老。

法显与鸠摩罗什两相呼应，让那样的乱世有了超逸的神情，有了铿锵的节奏，有了挺拔的身姿。

他们同样高贵，令人敬仰。

公元413年，鸠摩罗什圆寂。弥留之际，他招呼众弟子到座前发诚实誓："若所传无谬者，当使焚身之后，舌不燋烂。"

而令人意想不到的是，果然如他所愿："以火焚尸，薪灭形碎，唯舌不灰。"

精神的丰盈移嫁到舌头的不朽，神奇而真实，这让他历经的禁锢和磨难都化成了后人苦修的参考，给中国人的精神注入了坚韧、平和而又气韵高华的声响——是源头，是历史的埙音，悲欢开合，渐次响亮。

而这样，那些后来勇敢的西行者，才能在"遍望极目，欲求度处，则莫知所拟，唯以死人枯骨为标帜耳"的艰难跋涉中抵达化境，不枉一生。

舌头不灭，再向西行。

他说，假若舌头不化，将它运回凉州。

这是所有人都没想到的一念。

众弟子惊愕至极。他们以为师父在凉州受了拘禁，灵魂遭到了碾压，按理说他最痛恨的是凉州，最想离开的也应该是凉州，但与众人所想不同，师父想回去，想将身体最后的一部分埋葬在凉州的冷风里。

为什么是凉州，众人皆不知。

这是不死之舌，是思想之舌，是灵魂附着之舌。

是三寸不烂之舌寓意的一次延展，却也是一次纠偏和升华。

鸠摩罗什要用这舌头向曾经“不信佛，不弘法”的凉州证明舌头的作用。

他在凉州禁言。他要用舌头向凉州的百姓宣告他所传无谬，还是他想说肉身可破，但代表法种的舌头会不朽？亦或者是他觉得既然吕光父子不弘法，那么就让这根舌头去传承他的思想，传播他的道法？再或者是，他要在丝绸之路的必经之地上，让舌头向东来西往的旅人证明跋涉的意义和不妄言的法则？

没人能猜透他的心思。

那么，就让舌头上路吧。

向西，向凉州的方向，沿着他来的脚步，沿着丝绸之路做一次灵魂的远游。

正是有了这一次舌头的旅行，丝绸之路才彻底从国家的意志降到了民间的意愿上。

也就是说，从这一刻起，丝绸之路将真正回归到路的原意上，普通民众皆可以踏上去，义无反顾地走下去。

当然，还有再走回来。

鸠摩罗什用身体东行，用舌头西往，他从肉体到灵魂都验证了一来一回的重要性和可行性。

丝绸之路不再是战争的专属，也不再是国家较量争锋的必要。

五里一燧，十里一墩，卅里一堡，百里一城。

五里一亭，十里一铺，三十里一驿。

五里一走马，十里一扬鞭。

好了，免签了，放心地走吧。

商旅将如织，驼铃过山响。

万国盛会

一

丝绸之路的大道上，匈奴人被迫离开了。

古羌氐人在汉匈夹缝中艰难求生，慢慢崛起，却又迅速隐退。

东胡西进的鲜卑人经过扩张和突围，于十六国时期，先后建立慕容氏诸燕、西秦、南凉、代国等国，及至拓跋氏建立北魏，统一了中国北方，后又迁都洛阳，大举汉化，达到鼎盛，但随着北魏分裂为东、西两魏，鲜卑也随之式微。

紧接着，突厥人来了。

《北史》说："突厥者，其先居西海之右，独为部落，盖匈奴之别种也。另一说出自平凉杂胡。又曰突厥之先，出于索国，在匈奴之北。"

而就是这样一个来历不明的部族，却在南北朝之后的一百余年里，控制了丝绸之路。

这是一个以狼为图腾的民族。南北朝时期，被柔然人驱于阿尔泰山南麓，为柔然奴隶主锻造钢铁，被称为"锻奴"。

柔然人在匈奴人和鲜卑人之后冲出江湖。柔然这个称呼与戎人类似，都是诸多少数民族部落的总称，区别在于，戎人内部基本自治，有点像休戚与共的联邦政府，而柔然则是统一的多民族政权。《魏书》和《北史》中说柔然辖有60余种少数民族姓氏，是鲜卑、敕勒、匈奴和突厥等部族的混合别支，其主要力量是鲜卑一脉。最早为鲜卑拓跋氏的奴隶，后来升格为骑卒，"岁贡马畜貂豽皮。冬则徙度漠南，夏则还居漠北"。长期以来主要在今天的蒙古国和俄罗斯的贝加尔湖地区游牧，鼎盛时期，边界扩展到阿尔泰山西麓，渗入西域部分地区。

拓跋珪建立北魏后，曾征伐柔然，柔然人只好遁入漠北而不出。在北魏强势统一中国北方的年月里，柔然人趁机发展壮大，降伏了整个蒙古高原和周围全部少数民族部落，包括尚未出道的突厥人。这是柔然人的全盛时期，"尽有匈奴故庭，威服西域”。他们的军队常在敦煌、张掖的北部侵扰。北魏天兴五年（公元402年），柔然人正式建立柔然汗国，以“风驰鸟赴，倏来忽往”的铁骑横行漠北，对北魏政权造成了极大的威胁。

北魏与柔然长期攻杀，柔然妄图阻断丝绸之路以绝北魏商道。北魏太武帝拓跋焘即位后，慢慢由被动变主动，先后十三次出兵柔然，迫使柔然臣服。

但在丝绸之路的历史上，柔然人只是触碰边界或是短暂停留，并没有形成绝对影响。

哪里有压迫哪里就有反抗，正当柔然人横行草原的时候，突厥人顺势与北魏建立了合作关系，在双方精诚团结，攻城拔寨的征程中，突厥人逐步自立。公元552年，双方联军彻底打败柔然后，突厥人立即建立了突厥汗国。他们积蓄的能量迅速席卷西部，替代柔然人而雄霸中亚和蒙古草原。

突厥汗国在与北魏政府的长期合作中，深受北魏汉化政策的影响，自我觉醒意识较强，他们不但建造了自己的王国，而且还创造了自己的突厥文字。建国后他们不断完善自我，巩固政权，与中原各个走马观花的政权保持着相对平和的外交关系。

及至北魏分裂为东、西两魏，两家政权为了火拼，都纷纷向突厥汗国献媚，一会儿是西魏遣公主过去和亲，一会儿是东魏携财物向突厥纳贡。而未及突厥汗国出手，两魏政权就纷纷自毁长城，东魏被北齐取代，西魏禅让于北周。北齐与北周沿袭了两魏的做法，都向突厥纳贡以求支持，而突厥人坐山观虎斗，或保持中立，或联弱打强。同时，又迅疾向西扩张，击败了吐谷浑，并将西域诸国纳入了突厥汗国地图。他们势力的触角一直延伸到了咸海和中亚河中地区，与波斯萨珊王朝、东罗马帝国等都有交集。

战乱终有时。公元577年，北周武帝宇文邕消灭了北齐，统一北方，结束了中国北方近半个世纪的分裂割据。公元581年，杨坚代周称帝，建立隋朝。而两年后，突厥又因内乱分裂为东、西突厥两部。隋文帝杨坚用反间计支持东突厥内叛，东突厥很快瓦解。西突厥卷土重来，重拾旧山河，与隋朝对峙。

二

隋朝与秦朝极其相似，但隋炀帝杨广却与秦二世胡亥完全是两个人设。

历史对杨广多有贬义，认为他“美姿仪，少聪慧”。隋朝大臣祖君彦说他：“罄南山之竹，书罪无穷；决东海之波，流恶难尽。”明末清初的思想家王夫之说他：“隋之得天下也逆，而杨广之逆弥甚。”但纵使他有极大的恶名，却被后世普遍认为：“他是暴君而非昏君”；“虽然无德，但是有功”；“他不是一个很高明的政治家，却是一位绝好的诗人”。

一

暮江平不动，春花满正开。
流波将月去，潮水带星来。

二

夜露含花气，春潭漾月晖。
汉水逢游女，湘川值两妃。

这两首《春江花月夜》开启了同题诗竞赛的先例，倘若避开杨广的名字，我们从中根本看不出任何帝王的蛮霸之气，这种回归民间语调的平静和质朴，启发了唐代张若虚，才有了“春江潮水连海平，海上明月共潮生”的佳句。

而这位与贺知章、张旭、包融并称为“吴中四士”的初唐诗人存于后世的诗歌仅有两首，一首是《代答闺梦还》，一首便是《春江花月夜》，而这首与杨广的同题诗因清秀细韵，高远开阔被收入《全唐诗》中，以“孤篇横绝，竟为大家”奠定了他在中国古代诗歌界的绝高地位。而同样深受影响的还有略晚于张若虚、在唐玄宗一朝官至宰相的诗人张九龄，他在《望月怀远》中以“海上生明月，天涯共此时”两句成为中国诗歌界经久不衰的明星。

杨广对后代诗人的影响不止于此，再如这首：

寒鸦飞数点，流水绕孤村。
斜阳欲落处，一望黯消魂。

这首《野望》被后来的诗人们不断模仿，宋代著名词作家秦观的名作《满庭芳·山抹微云》中最为点睛的名句“斜阳外，寒鸦万点，流水绕孤村”几乎就是对《野望》的抄袭。而元代马致远的《天净沙·秋思》套用了杨广的整个意象。

《隋书·文学传序》称赞杨广诗歌“并存雅体，归于典制”，对唐诗宋词乃至元曲的发展启发极大。杨广无疑是唐诗宋词元曲的总教头之一，是中国古代诗歌改革的先驱，但他的众多弟子们无一人站出来承认，他们都在谈及自己学识源流的时候将他避过了，正应了他的名句“流水绕孤村”，而他仿佛也有先见之明，早就“一望黯消魂”。但杨广志不在此，他的野心太大了，诗歌对他来说不过是锦上添花的雕虫小技。

饱受诟病的帝王，他的才华往往会被遮蔽。《剑桥中国隋唐史》中对他有一个较为准确的定位：“隋炀帝是一位美好事物的鉴赏家、一位有成就的诗人和独具风格的散文家，他可能有点像政治美学家。”

他雄心勃勃，像那些脱离于现实基础的空想家一样，他要把他的帝国打造成他梦想的样子，有点像那个急于建立大同世界的王莽。

甫一登基，他就迁都洛阳，每月征调民夫二百余万人为他建造东都；颁《大业律》；改州为郡；改度量衡；改官制。同时开凿大运河，造豪华游轮供他巡游。

他说：“君民建国，教学为先，移风易俗，必自兹始。”从而开创科举制，兴办学校。在全国范围内组织人才编写《长洲玉镜》四百卷，对隋朝以前的古代经典进行了梳理和统揽。独创性地诏命天下各地绘制风俗物产地图，开创了地方志编写的先河——在他一朝共编纂了《诸郡物产土俗记》131卷，《区宇图志》1200卷，《诸州图经集》100卷等。他还派专人四处搜寻典籍珍藏，建成了中国古代历史上藏书量最为丰富和宏大的国家图书馆，创立了国家文化馆、图书馆、博物馆的基本建制。

在急剧的文化扩张之外，杨广对大隋的小邦邻国启动了全方位的军事打击。

大业元年（公元605年），杨广南下征讨位于中南半岛东南部（今越南境内）的占婆补罗国，同时又与附庸于隋朝的东突厥一支联兵突袭契丹部族，后来又三次大举进攻高句丽。

山川博大，天下兴盛。中国迎来了继秦之后第二次根本性的全面改革和军事外交，在这里我们便可以预见未来辉煌的大唐和优雅的大宋。

而在这样的纵横捭阖中，他的目光从未离开过广阔的西域。

大业四年（公元608年），杨广开始为西征做准备。

在大隋短短的三十七年里，在隋炀帝经略西域的进程中，裴矩是一个无法绕过的人物。

北齐时代，身为定州总管的杨坚看中了裴矩的才能，征辟他为记室，相当于办公室主任或文秘，后来他因为母亲病死而回家守孝。北周时期，杨坚做了丞相，便又召他做丞相府记室。杨坚称帝后，裴矩升任给事中，主持内史省事务，代理内史舍人。他的主要工作是掌管机要，发布皇帝诏书和中央政令。说白了，裴矩一直是杨坚的私人秘书，杨坚爬高一步，他便也跟着登上一步，虽然一直官不大，但也是举足轻重的人物。到杨广登基，裴矩依然受到重用，并开始向外扩展力量。

隋炀帝西征之前，在张掖成立了西域外贸部，任命黄门侍郎裴矩为总负责，与西域各国互市。裴矩一面推动中国商品赔本输出，一面在隋炀帝的授意下搜集有关西域的山川、风俗、规制等资料，组织人员编写了《西域图记》，详细记录了西域四十四国人们的生活习性、服饰礼仪、山河特色等内容，供隋炀帝参考学习。此书成为后人研究西域的地理学、民俗学、社会学重要文献。

裴矩在张掖如鱼得水，才智尽显，他游说河西的军阀们火并，又以财物厚礼说服西域高昌王与伊吾王等人，让他们派使者朝见隋炀帝。

在裴矩的鼓动下，铁勒部攻击了盘踞于青海、河西一带的吐谷浑，吐谷浑惨败，隋军趁机攻入吐谷浑境内，迫使他们南迁，隋朝军队随后撤回，但吐谷浑又重返故地。

大业五年（公元609年），觉得万事俱备的隋炀帝亲率四十万大军，借故西征吐谷浑，开启了他的西巡大业。隋朝的核心文武官员和后宫嫔妃随他一起从长安出发，浩浩荡荡地踏上了兴盛的丝绸之路。他要亲眼看一看他经营的国际贸易的格局，也要亲眼看一看这困扰了中国近千年的西域诸国到底是个什么面目。

三

这是一次做足了准备的西行。但这一路跋山涉水，让奢靡的皇帝忍饥挨冻，吃了不少苦头。

《隋书》说，皇帝“三月已乙。车驾出巡，四月大猎于陇西，次狄道（今甘肃临洮），出临津关（今甘肃永靖）至西平”。

隋军从四面围攻吐谷浑，七天后将吐谷浑第二十任可汗慕容世允（伏允）击溃，致使吐谷浑灭国。

攻灭吐谷浑后，隋炀帝经大斗拔谷（今甘肃省民乐县东南扁都口）前往张掖。皇帝在这里召西突厥处罗可汗前来商讨边界问题，但处罗可汗爽约不来。隋炀帝使用了裴矩的计谋，夹击西突厥，迫使西突厥归附于隋朝。

隋炀帝在西域设置了鄯善、且末、西海、河源四郡。

隋朝自此扩疆数千里。而裴矩的功劳无可替代。

而皇帝本人未曾料到，在他率众出扁都口的时候，却碰上六月飞雪，致使士卒冻死大半。

到这里，我们不得不说尽管隋炀帝是史上最骄奢淫逸、骄傲自大、虚夸无底线的皇帝，但他也是中国古代历史上最能吃苦也最有勇气的皇帝。

隋炀帝甫一抵达张掖，就被豪华的欢迎仪式震撼了。这一场由裴矩导演的大戏彻底让他忘却了刚刚发生的灾难，失去了判断力的皇帝得意忘形，他后面的人生自此就完全沉浸在了这种虚浮的奉承里而无法自拔。

“佩金玉，穿锦屐，焚香奏乐，歌舞噪喧，武威、张掖十几万士女夹道欢迎。衣服车马不鲜者郡县皆督课之，乘骑填咽，周亘数十里，迎接炀帝。”同时，高昌、伊吾等西域二十七国的国王“闻风而来”，一齐前来拜会了杨广。皇帝大喜，他学着周穆王西巡的样子，亲登焉支山，祭拜天地，然后接见了各国首脑。

《资治通鉴》对这次盛会记载说：“其蛮夷陪列者，二十余国。”参加者有突厥、新罗、靺鞨、毕大辞、诃咄、传越、乌那曷、波腊、吐火罗、俱虑建、忽论、诃多、沛汗、龟兹、疏勒、于阗、安国、曹国、何国、穆国、毕、衣密、失范延、伽折、契丹等国。

隋炀帝召开千人国宴，并为各国首脑举办了以大隋音乐为主，以古天竺、西域等各国音乐相间的演奏会，并设置“观风行殿”布陈文物，举办中国首个“大隋博览会”供西域诸王观看。

肃肃秋风起，悠悠行万里。
万里何所行，横漠筑长城。
岂合小子智，先圣之所营。
树兹万世策，安此亿兆生。
讵敢惮焦思，高枕于上京。
北河见武节，千里卷戎旌。
山川互出没，原野穷超忽。

撞金止行阵，鸣鼓兴士卒。
千乘万旗动，饮马长城窟。
秋昏塞外云，雾暗关山月。
缘严驿马上，乘空烽火发。
借问长城侯，单于入朝谒。
浊气静天山，晨光照高阙。
释兵仍振旅，要荒事万举。
饮至告言旋，功归清庙前。

这一首《饮马长城窟行》，基本记录了皇帝千里之行的见闻和感慨。有人说这是皇帝在扁都口时写下的诗歌，但在这里我们看不到任何与飞雪有关的意境。而“单于入朝谒”应该指的是皇帝回朝后，西突厥处罗可汗至洛阳朝觐一事，这或许是皇帝回来后对西巡的怀旧之作。

但分裂的是，在这平静的诗歌之外，却是皇帝“三观”尽毁、“人设”崩塌的开始。著名的“万国博览会”让他突然变成了另一个人：他沐浴在来自世界的仰慕之光中，他误以为自己将是中国历史上统一世界的第一位王者。

为了让这种震撼和来自灵魂深处的高潮更热烈一些，更持久一些，皇帝回朝后，又听从了裴矩的建议，于次年在东都洛阳召开了轰动世界的“万国首脑峰会”。

当然，开会不是目的，他绞尽脑汁将洛阳打造成了极乐世界，他要向世界展示“中国为神仙”的高贵和华丽。他邀请他的合作伙伴们来天朝观光，动辄召开国际首脑会议。他召集全国的乐队举办最为盛大的演唱会，而且常常是百戏联演，戏场绵延近十里，最奢侈时各类演职人员达三万余人，乐声轰动数十里。这样的盛会往往会持续半月有余。

隋炀帝为了招商引资，对西域而来的商人给予了丰厚的优待，他整顿市场，装潢店铺，统一招牌，用上好的丝绸缠绕树木做装饰，不但为外来客商免食宿，还为他们提供最优质的货源，最低廉的价格。这种不对等、不公平的交易让中国的商人叫苦连天，却极大地促进了世界贸易的繁荣，往来中国者，不绝于路。

中国版的“皇帝的新装”提前开演了，各国的首脑们一边享受着最高级别的桑拿，一边喝着美酒，嘴里骂着：“这个傻子，搞得挺好啊。”而皇帝却光着大腚在他们面前耀武扬威。他知道，蛮夷嗟叹，而不知道百姓也在嗟叹。

司马光说：“西域诸胡往来相继，所经郡县，疲于送迎，糜费以万万计，卒令中国疲弊以至于亡，皆矩之唱导也。”

这一切的促成者，均是裴矩，是他毁了隋炀帝。

司马光又说：“裴矩佞于隋而忠于唐，非其性之有变也；君恶闻其过，则忠化为佞，君乐闻直言，则佞化为忠。是知君者表也，臣者景也，表动则景随矣。”司马光以“君明臣直”为裴矩做了辩护，他的意思是裴矩的过错其实是隋炀帝的过错——领导者如果利令智昏，他的员工就会费尽心机欺上瞒下，恶意奉承，变成奸人；而领导者如果高远清明，则员工自会勤恳干事，忠心耿耿。上梁正了下梁才能不歪。司马光将杨广和李世民做了一番比较。而裴矩在隋朝灭亡后，投身大唐，倒真是成了一名贤臣，为唐太宗所器重，至他八十岁病逝后，李世民追赠他为绛州刺史，谥号为敬。

隋炀帝最终成了清醒的疯子，他不管不顾，巡视了塞北，还要下江南。他带着他的百官和嫔妃们每年巡视他的王国，每次出游都大肆建造豪华的离宫，一面凿运河，一面修长城，致使数百万的民夫和士兵死于这种苦役。

终于，大业十一年（公元615年），看不惯隋炀帝骄傲自大的突厥始毕可汗在依例北巡长城的时候，将他围困在雁门（今山西代县），杨广后来在早先和亲的义成公主的帮助下才侥幸逃脱。

但天下百姓不允许他活着了，国内祸乱四起，他虚幻的盛世也在瞬间崩塌。皇帝也心灰意冷，无意经营他的王国了，外国从四面八方逼近，乱军逼得他东躲西藏，轰轰烈烈的大隋迅速灰飞烟灭。

晚年的杨广让中国复又陷入了前朝的乱世。突厥人再次大兵压境，达到了“控弦且百万，戎狄炽强，古未有也”的强盛局面。隋炀帝半生经营的西域“万国”昙花一现，又被突厥所管控。

但必须得承认，在大隋一朝，丝绸之路繁盛亘古未有，国际贸易往来不绝。前往西域的英雄们再也不必受制于强权的束缚，他们的灵魂在这一时节自由而洒脱。

丝绸之路成了真正的国际贸易的主干道。

西域终何处

一

公元618年，唐国公李渊建立了唐朝，重新统一了中国。令后人敬仰的大唐终于缓缓地来了。

自此山川开阔，气韵高华。

长安成了世界的长安。

丝绸之路也成了世界的丝绸之路。

再也没有人能阻拦得了人类通向远方的脚步。

中国大地又迎来了一个类似于汉匈争霸的轮回。突厥人像匈奴一样控制了西域，咄咄威慑大唐。但唐初与汉初完全两样，汉初国力微弱，无以应对，而大唐延续了隋朝的盛世，在气势和国力上有绝对性的优势。从公元620年开始，大唐与突厥往复战斗了三十余年，从最初的安抚防御转为系统性进攻，最终击溃了突厥汗国。

突厥像西域上空的一颗流星，哗啦一声划过茫茫戈壁，很快就消失于无穷的黑暗之中。

随后，唐太宗先后攻降了高昌、疏勒和于阗等国，建立了西州和安西都护府。

中原的历史不断更迭，而西域诸国的形势也发生着变化。汉朝初年，西域共有五十多个国家，但有的国家距离太过遥远，有的国家又太小不值一提。随着汉朝政府的拳头逐步伸入西域，西域诸国也在相互的杀伐中分分合合。不同的历史时期，西域国家的面貌总在变换。

西汉初期，于阗、疏勒、莎车、楼兰是西域的大国强国，但随着汉匈争霸，有些国家逐渐改制。比如，汉昭帝时，楼兰反叛汉朝政府，被灭国，改为了鄯善国，东汉末年，莎车国又被疏勒国吞并。匈奴败走后，车师国被汉朝政府分为车师前部、后部，形成了车师前国、车师后国。车师后国后来又分裂为车师尉都国、车师后城国。

《汉书·西域传》中首次提到“三十六国”，后来的官方文书便以此沿用。

三十六国先后而立，并不是同一时期的三十六个国家。

分别是：乌孙、龟兹、焉耆、于阗、若羌、楼兰、且末、小宛、戎卢、纡弥、渠勒、皮山、西夜、蒲犁、依耐、疏勒、莎车、尉头、温宿、尉犁、姑墨、卑陆、乌贪訾、卑陆后国、单桓、蒲类、蒲类后国、西且弥、东且弥、劫国、狐胡、山国、车师前国、车师后国、车师尉都国、车师后城国。

尽管西域诸国一直在中原政权和少数民族政权之间首鼠两端，但这些国家之间，也时常杀伐争霸：乌孙、龟兹、车师等都是早期的巨头。唐代时，高昌、疏勒和于阗三国势力最为强大，尤其是作为新秀的于阗后来甚至吞并了疏勒，成为霸主。

唐代，西域共有五十五国，其中大月氏、康居、安息等五国因太过遥远而没有受制于唐王，其余五十国则都在唐安西都护的统领下。小国王们把唐王尊称为“天可汗”。唐太宗先将安西都护府设置在高昌，后迁至龟兹，并在龟兹、于阗、疏勒和碎叶建立了“安西四镇”。诗仙李白就出生在碎叶，所以，后世常说李白生于中亚碎叶城，有学者认为李白不是唐人，实际上，当时的碎叶就是大唐王朝的地盘，而且李白的先人是生活在碎叶的汉人。如果没有强大的唐王朝，李白也不太可能走进中原大地。

李白是沿着丝绸之路逆行的人，而后来多苦多难的杜甫则以他的反方向翻越关山而去了西蜀。

由李白而起，我们就有必要来看一看由汉人在西域建立的高昌国。

高昌国位于今天的吐鲁番盆地，《西游记》里著名的火焰山就在高昌国境内。高昌的大本营是车师前国的地盘。西汉元帝经营西域时，认为这里“地势高敞，人庶昌盛”，因而便在这里设置了西域长史和戊己校尉，养兵屯田，并让士兵携带家属定居，后来又迁徙了河西走廊等地的汉人予以补充，民间把这里叫做“高昌壁”。这里逐渐丰饶富庶，西域各国的汉人也慢慢向它靠拢，便形成了一个汉人的聚居地。“高昌壁”也成为了中原政权管理西域的一个重要根据地。

公元327年，前凉第四位君主张骏在失去了黄河南岸的令居（今甘肃永登西北）、振武（今甘肃武威东南）等地后，向西发展，消灭了东晋戊己校尉的势力，在高昌设置高昌郡，开启了西域地区郡县制的建制。十六国时期，柔然攻灭了高昌，立阚伯周为高昌王，高昌国正式建立。高昌被柔然统领。柔然败于大唐，高昌才归于唐王朝，为高昌县。

唐玄奘西行过高昌国，受到高昌王的热烈迎见。高昌王后来派使者护佑玄奘西行，并写书信向西域各国打招呼让优待玄奘。他才得以顺利通关。

高昌国在西域的历史上有两个不容忽视的重要作用：一

是养兵屯田制，为后来中原王朝经营西域开拓了一个新的范式。二是作为一个汉人政权，起到了与中原文明衔接的纽带作用，让中原与西域的文化、经济交流更快捷通畅。

黄沙漫漫，绿洲凋敝，高昌国在西域立国180余年，最后在一场天灾中消失得无影无踪。

突厥人走了，唐控制了西域，吐蕃人却突围而出。

接下来，就到松赞干布和文成公主出场了。

吐蕃是中国古代西藏历史上第一个有明确史料记载的政权。赞普松赞干布将原本分散孤立的各个部落统一后，迁都逻些（拉萨），仿照唐朝规制，实行多方位改革，制定律法，统一度量衡，创造了吐蕃文（即今天的藏文）。逐渐强大后，他们开始逐步向世界的中心靠近。

迁都后的第二年，松赞干布便派遣使者出访大唐，唐太宗亦派人回访。松赞干布向唐太宗提出要迎娶一位唐朝公主的意愿，唐太宗觉得双方还没有熟悉到要考虑婚姻大事的地步，便没有答应。

贞观八年（公元634年），松赞干布突然出兵击败了吐谷浑、党项、白兰羌等原先为突厥附属的部落，举兵直逼大唐松州（今四川松潘），当大唐起兵反击时，松赞干布又自行撤退，随之以极低的姿态遣使谢罪，但他依然希望能娶一位皇家的公主做老婆。举兵来犯，只为了和亲，这个态度让李世民看到了松赞干布的诚意，李世民便选了一个宗室女封为文成公主，嫁给了松赞干布。

对于大唐王朝来说，这次和亲算是一次“下嫁”，也是一次双方真诚的公平交流，这一事件改写了两汉时期被逼和亲的屈辱史。

文成公主在吐蕃受到了极大的优待。松赞干布带领群臣远赴柏海（今青海玛多县境内）迎接公主，并向代表大唐皇家持节护送的江夏王李道宗行子婿礼。吐蕃书籍《贤者喜宴》中说：“松赞干布登临欢庆的宝座，为文成公主加冕，封作王后。”松赞干布还专意为她修建了举世闻名的布达拉宫。

文成公主被吐蕃人尊称为甲木萨，用吐蕃语来说“甲”是“汉”的意思，“木”是“女”的意思，“萨”是“神仙”的意思——他们称她是汉家的女神仙。

文成公主入藏后，大唐与吐蕃之间成了真正的亲人，吐蕃成为大唐的附属国之一，丝绸之路向西之后分出了另一条通往拉萨的大道。中原文明得以在青藏高原广泛传播。

永隆元年（公元680年），文成公主患天花去世。

与刘细君、刘解忧和王昭君比起来，文成公主才算是真正的西域情人，集万千宠爱于一身，受万众敬仰。在爱情的力量里，她维系了西域和丝绸之路三十余年的和平与繁荣。她的功绩超过了前面所有和亲的公主，她是幸运的。但在去往西域的万千众人中，她耀眼却少了一些细微的质感，无法对后来走在这条道上的人形成最为幽深的想象和耐人寻味的倾听。

这份个例与丝绸之路上的行者构不成共鸣。因而她后来的继承者——那位名唤李奴奴的金城公主尽管在吐蕃生活了近三十年，继承和巩固了文成公主的成果，但她在丝绸之路的历史上分量就轻了很多，鲜有人知。

松赞干布死后，他的孙子芒松芒赞继位，他一反松赞干布的规约，不断进兵西域，夺走了大唐的安西都护府，西域陷落于吐蕃。此后，大唐与吐蕃或战或和，西域在两个王权手里辗转换位。

天宝十四年（公元755年）的冬天，安史之乱爆发。吐蕃趁机入侵大唐，河西走廊及陇右多地都被吐蕃占领。

唐代宗宝应二年（公元763年），历时七年之久的安史之乱终于结束了。而同年十月，泾州刺史高晖投降吐蕃，并作为先遣军深入中原。唐代宗面对乌压压一片敌军，仓皇出逃，吐蕃大军直入长安。

这是继慕容氏在长安围逼苻坚，攻陷长安之后，长安城所经历的第二次少数民族政权肆虐的浩劫。吐蕃兵“纵兵大掠，焚烧房舍，府库市里，长安萧然一空”。一月后，郭子仪召集散乱各地的将士，起兵攻入长安，吐蕃人才撤退。这之后，唐朝失去了丝绸之路和西域的主权。

这时候，原属于突厥一脉的回鹘人在漠北称雄，与唐朝交好，帮助唐朝平定安史之乱。

回鹘原来叫回纥，是隶属于突厥的铁勒部族的一支。唐玄宗天宝三载（公元744年）——玄宗改年为载，回鹘人推翻了后突厥，建立了漠北回纥汗国，归附于唐朝。公元788年（唐德宗贞元四年），回纥人上书天朝要求根据“迅捷如鹘然”的意思改名为回鹘。

元和三年（公元808年），回鹘击败吐蕃，取得了西域和丝绸之路的控制权，在与唐朝的共建下，丝绸之路重新开通。

你来我往，一张一翕。但不管谁掌控了西域，丝绸之路依旧按照早已建立的规约自行运转，从本质上几无断绝。

二

唐亡，中国又进入了乱世，类似于南北朝的五代十国出现了。

紧接着，那个最为优雅却被多个少数民族政权虎视眈眈的宋朝建立了。

先依附于后突厥汗国，又归附于回鹘的契丹人渐次发声，大辽雄霸草原。随后，女真族建立金国，灭了大辽，契丹人被迫西迁。西辽延庆九年（公元1132年），辽德宗耶律大石在西北重新建立西辽。西辽强盛一时，不断对外扩张，十余年里，逐步占领西域，成为当时中亚地区最为强盛的帝国。

西辽尚且强大，党项族拓跋氏又突然崛起，控制了宁夏、甘肃、青海东北部、内蒙古西部以及陕西北部等广大地区，占地两万余里，丝绸之路落入了西夏政权的手中。待宋、西夏、金三足鼎立之后，中原王朝再也无力掌控西域。

大宋两朝再也没有出现通往西域而彪炳史册的英雄。

这是中原王朝不断内缩的年代。赵氏帝国被多方少数民族政权蹂躏挤压，最后不得不蜷缩于江南一隅。

蒙古族横空出世，成吉思汗成为国际上最为彪悍的王者。他一生亲临过六十余次重要战役，只有“十三翼之战”一次败仗。

成吉思汗立国后，蒙古的铁骑踏遍了中国的山河，他傲视一切。

可汗用二十余年时间，攻灭了西夏，歼灭了金国，荡平了阻碍他西征的西辽残余势力。他先后攻破讹答剌（在今锡尔河中游）、布哈拉及撒马尔罕等地，灭了中亚强国花剌子模国，迫使国王逃亡到了宽田吉思海（今里海），又命哲别、速不台等人将蒙古草原的啸声传到了克里米亚半岛，而自己则亲自追击花剌子模国的太子到了申河（印度河）。

他将战场扩展到了古印度河、伏尔加河一带。

紧追不舍，赶尽杀绝，蒙古人的威风令敌人闻风丧胆。

西域自此成了蒙古人的西域。

丝绸之路繁华再来。

“西域常年酝上供，浓香厚味革囊封。”葡萄美酒沿着丝绸之路流进了中原，元青花沿着丝绸之路由内销转出口。

这是一个不需要英雄的年代。

但一个名叫丘处机、道号长春真人的全真教掌门人的出现，却在波涛汹涌，万马齐喑的西征大合唱中有了独唱的清脆和嘹亮。让通往西域历史上的大元王朝在模糊的混沌中显现出了一个清晰而冷峻的轮廓。这种质疑和反调让屠戮温和了下来，让孤傲谦卑了下来，让铁蹄之外充满了勃勃生机。

一个七十三岁的老人，于兴定三年（公元1219年）五月带领十余名全真弟子从遥远的山东莱州出发，追赶成吉思汗的军团一路向西。

他本不情愿，但当他踏上这西行路时却情不自禁地让犹疑的脚步变得迅疾。

蒙古人的骑兵在前面杀伐，他在后面沿着鲜血和尸骨超度。兴定六年（公元1222年）四月，丘处机途经铁门关抵达大雪山（今兴都库什山）八鲁湾见到了成吉思汗。他们畅谈了三次，丘处机以“内固精神，外修阴德”的养生之道逐渐向成吉思汗渗透了“去暴止杀”“济世安民”的治国理念。

丘处机与成吉思汗的“雪山论道”在成吉思汗的授意下，由成吉思汗的贴身秘书耶律楚材记录下来，编写成了对话集《玄风庆会录》。同时，丘处机的弟子李志常根据他们一路上的西行见闻，归来后写成了《长春真人西游记》。我们从这两部著作中能听见他们的声音：

“听从天命，回家吧。”这是丘处机对成吉思汗的一次劝诫，也是西行者在历史的制高点上第一次大声说出来的“归程”之意，这一声消解了西行的艰辛，也明明白白地告诉世人，有去有回才是真正的大通西域。

成吉思汗建国后，将西辽旧地，包括天山南北路及今阿姆河、锡尔河之间的地区分给了他的次子察合台。蒙哥死后，忽必烈与他的兄弟阿里不哥争夺汗位导致帝国分裂。蒙古帝国出现了四大汗国。察合台汗国统领了西域诸地。虽然几经分裂易主，变成了叶尔羌汗国，但西域始终控制在成吉思汗的子孙手里。一直到明末清初，才被准噶尔代替。

准噶尔一下子从大明王朝的身上跨了过去，与清政府坦然相见。

准噶尔是蒙古瓦剌部的一支，瓦剌部在晚期因受到蒙古鞑靼部的攻击而西迁分裂，又叫卫拉特部，准噶尔部是漠西蒙古卫拉特部旗下的四大部落之一。也属于大元帝国的后裔。

而清又是女真一族后金的后裔。所以，清代的中国历史仍然是蒙古元朝与女真金国的子孙之间的较量，中原汉人在这个过程中保持了沉默。

准噶尔部在清顺治时期归附于大清。噶尔丹作为准噶尔最英明的领袖，后来又起兵叛乱。先歼灭了叶尔羌汗国（今新疆南部附近），随后又控制了青藏高原和西域等地，斩断了清廷对丝绸之路的主权。

康熙三十四年（公元1695年），噶尔丹兵进喀尔喀（清代漠北蒙古族诸部的别称，以分布于喀尔喀河而得名），康熙皇帝率二十万大军御驾亲征，大败噶尔丹。原准噶尔部首领僧格的长子策妄阿拉布坦趁机切断了噶尔丹的后路，迫使噶尔丹在逃亡一年后自杀。

准噶尔臣服后，清廷继续向西用兵，先后镇压了西域的大小和卓之乱，击垮了原蒙古一支——金帐汗国南迁至河中后的乌兹别克人建立的浩罕汗国。最终迫使包括西域在内的葱岭以西的各部落都归降于大清政府。

雍正时，清廷将贵州东南部新辟疆土、西域和云南、四川、贵州等地统称“新疆六厅”。

鸦片战争之后，清廷衰落，无暇顾及西域。外国入侵，西域沦陷。

道光二十一年（公元1841年）7月14日，被革职的林则徐踏上了流放之路，被迫西行。在西行的勇者名单里，他的脚步最为沉重，从而发出了丝绸之路上最为悲壮的一声异响。

光绪元年（公元1875年），陕甘总督左宗棠，忍辱负重，远赴西域，督办新疆事务。

在中国古代历史的尾声，西行之路再也不是忠义人格的体现，而是激愤的悲叹，是坎坷的暗流，是夕阳西下的失落和无奈无助的屈辱。

从张骞开始，多少英雄豪杰前赴后继，蹒跚在通往西域的大道上，密密麻麻的人群带领我们见识了历史深处的肮脏和暴戾，凶险和荒唐，也带领我们领略了敞亮和高蹈，智慧和盛荣。而通过梳理，我们就会发现，我们的先辈从这条路开拓，也从这条路闭锁。历史之手在丝绸之路上为勇敢的前行者画了一个历时一千余年的大圈，我们随便抽出其中的一段，就能看见我们的前世，也能反观我们的今生。

因而，自隋炀帝的万国盛会之后，我们依然能从踟蹰前进的身影里找到几个让我们折服的智者和令我们惋叹的勇者。尽管他们身上附着了太多前人的精神暗扣，但在丝绸之路的长廊中，依然流光溢彩。

大唐以来，丝绸之路上的行者底色开始由原来的悲苦变得浪漫，由被迫变得自主，由孤绝变得众声鼎沸。这是另外一种不同于本书人物的精神状态，所以我们不把他们相互混淆。

这里有一个不短的名单，说不定，在另一本书里，我们会与他们后会有期。

后记

这是一本对丝绸之路的致敬之书。

不论是亲自踏上丝绸之路行向远方的英雄（如张骞、班超），还是为中国通往西方世界打破壁垒的智者（如曹丕、苻坚），亦或者是阻隔丝绸之路的军阀（如隗嚣），他们都是构成丝绸之路上高唱低吟交响曲的重要部分，他们以个人的强大力量和智慧推动了历史的车轮，大能连通世界，小能护佑一方。即便是像隗嚣这样的人，虽然切断了丝绸之路，但在那时的历史语境下，却让陇右百姓安居乐业，至少激增了陇右段丝绸之路的活力，也是功不可没。

我想，我们应该以极度包容的态度来对待每一个与丝绸之路关联的人物，就像我们应该以更宽阔的边界来重新认识西域。

从周穆王西巡起，我们的先辈就开始了向西的无尽探索。

西方为天外之地。

《庄子·让王篇》中说伯夷和叔齐在竹林中聊天，谈及“吾闻西方有人，似有道者，试往观焉”。

《汉书·西域传序》对西域的定义是：“匈奴之西，乌孙之南。南北有大山。中央有河，东西六千余里，南北千余里。东则接汉，阸以玉门、阳关，西则限以葱岭。”汉朝以后，西域是对玉门关、阳关以西地区的总称。后来又有了更为广义的西域，包括了中国西部的广大地区。

而在中国古代中原民间百姓的心里，尤其是相对长安而言，关山之西便是边塞，是西边的世界，是荒漠。一朝出关山，便是断舍离。

“关山客子路，花柳帝王城。”——唐·卢照邻《送二兄入蜀》；

“关山征戍远，闺阁别离难。”——唐·白居易《闺怨词三首》；

“汉垒关山月，胡笳塞北天。”——唐·柳中庸《秋怨》；

“长路关山何日尽，满堂丝竹为君愁。”——唐·张谓《送卢举使河源》；

“消息三年沈过处，关山千里无飞肉。”——宋·方千里《满江红》；

“荒垅关山隔，凭谁寄纸钱？”——清·李渔《清明前一日》。

……

中国古代诗歌的光芒，时常会在关山之巅而被折返，月上有泪点，衣上有飞尘，而这飞尘就是边塞尘。

从关山到阳关，早已是千里之程。我们不能忽视远行者在这一段路程里所受的磨难。

本书所谈到的丝绸之路上的重要人物，是以关山为基点展开的。所以，这也是一本对关山的致敬之书。

唐代宋之问在《咏笛》中说："关山孤月下，来向陇头鸣。"陇头就是关山，我在关山月下读书写作，所以便写了这些人物，如果时空交错，他们便能与我擦肩而过，他们走过的路，我一直在走，也正在走。

我也曾多次沿着丝绸之路的方向西行，每一次行走都像是第一次那样心中充满了新奇，充满了敬意。

在兰州以西的广袤天地中，城与城之间的间隔太大，即使车子在高速上疾驰，也要三五个小时才能从一点绿洲看到另一点绿洲，当我在茫茫戈壁中突然看到城市的时候，心里总会涌起一团暖流，令人激动而又愧于言说，我就想，若是一觉醒来，总能看到城市，而不是砂石戈壁，该有多么幸运。

但更多的时候，人都是不幸的。我坐在车上，目光急急掠过一眼望不到头的戈壁，总会产生一种缓慢的幻觉，觉得车子停在原地打转，或者是行驶的感觉不那么真切，一种极度深刻的苍凉与悲壮随着车子的前进深入而越发强烈。我会不由自主地想到英雄和孤独两个词语，并且不断自证：

我所写的这些人物，当他们走进茫茫戈壁的时候，会不会绝望？而他们又是如何克服绝望的呢？

这便是我要在这本书里探寻的难题。